Marie Karpovna

HENRI TROYAT | *ŒUVRES*

Henri Troyat

de l'Académie française

Marie Karpovna

Éditions J'ai lu

I

A l'arrêt de la diligence, Alexis Ivanovitch Katchalov ouvrit la portière et, sans attendre que le valet accouru dépliât le marchepied, sauta lestement à terre. Dans la cour du relais de poste, parmi le va-et-vient des palefreniers dételant les chevaux, il aperçut Léon qui le guettait, les bras ballants, un sourire de bienvenue aux lèvres. Cette présence le surprit, car d'habitude son frère ne se dérangeait pas pour l'accueillir à l'arrivée de la patache. Leur mère se contentait d'envoyer une calèche avec le cocher Louka pour conduire le voyageur jusqu'à la propriété, distante de quatre verstes à peine. Le fait que Léon se fût, pour une fois, déplacé confirma Alexis dans l'idée que sa venue à Gorbatovo revêtait une importance inaccoutumée. D'ailleurs, si Marie Karpovna [1] avait

1. En Russie, toute personne de quelque qualité — homme ou femme — était désignée par deux prénoms, le sien et celui de son père. Ainsi Alexis Ivanovitch signifiait Alexis, fils d'Ivan, Marie Karpovna : Marie, fille de Karp, etc. Il était de bon ton, dans la

écrit au chef de cabinet du ministre des Affaires étrangères afin de solliciter un congé exceptionnel pour son fils aîné, il fallait qu'elle jugeât cette visite indispensable. Bien qu'habitant la province, elle avait des relations dans la haute administration, et même à la cour, par cousins interposés, mais n'en usait qu'à bon escient. Alexis avait des fonctions si mal définies au ministère que son absence, dût-elle se prolonger deux mois, ne pouvait affecter la marche du service. Mais il était heureux à Saint-Pétersbourg dans le tumulte des conversations, des intrigues et des spectacles. La perspective de passer quelques semaines à la campagne, en ce début de l'été 1856, le plongeait, par anticipation, dans un ennui profond.

Léon s'avançait vers lui d'une démarche molle et dandinée. Petit, blond et grassouillet, il remplissait, à la faire craquer, sa redingote bleue aux boutons de nacre. Son gilet, également bleu, mais rayé de blanc, était marqué de taches. Ses pantalons de nankin jaune formaient des poches aux genoux. Des favoris mal peignés entouraient ses joues d'une vapeur roussâtre. Alexis l'embrassa avec une fraternelle répugnance. Autour d'eux, des gamins couraient en tous sens, soulevant une poussière grise à odeur de crottin et d'avoine. Un bruit de fer battu venait de la maréchalerie. Des

---

conversation, de donner à son interlocuteur ses deux prénoms, à l'exclusion du nom de famille.

chiens aboyaient en tournant autour des chevaux fourbus. Une paysanne tirait de l'eau d'un puits à bascule. Descendant de la diligence, quelques voyageurs engourdis se dirigeaient, par petits groupes, vers l'auberge. Alexis salua galamment sa voisine de banquette, qui s'éloignait, tenant une fillette par la main. Puis, tourné vers Léon, il demanda :

— Tout va bien à Gorbatovo ?

— Très bien. Maman t'attend. Le voyage n'a pas été trop pénible ?

Léon parlait d'une voix suave, légèrement voilée par un enrouement chronique. Depuis leur plus jeune âge, les deux frères n'avaient que des banalités à se dire. Ils montèrent dans la calèche ; Louka chargea les valises, clappa de la langue ; et le petit cheval bai s'ébranla. Marie Karpovna ne voulait que des chevaux bais dans son écurie. Ainsi reconnaissait-on de loin ses attelages. Serré contre Léon dans la voiture trop étroite, Alexis continuait à s'interroger sur les motifs qui avaient incité sa mère à le convoquer d'urgence. Il lui avait écrit le mois précédent pour lui demander, à nouveau, d'affecter une partie de ses terres à l'entretien de ses deux fils. Peut-être s'était-elle enfin décidée à la donation entre vifs qu'il lui suggérait et l'avait-elle fait venir pour régler les formalités sur place. Il était impossible que Léon, qui vivait auprès d'elle, ne fût pas au

courant. Mais ce chafouin savait tenir sa langue.
Tout à trac, Alexis l'interrogea :

— Pourquoi veut-elle me voir ?

Le visage huileux de Léon se relâcha dans une
expression aimable :

— Parce qu'elle s'ennuie de toi !

— Ne dis pas de sottises ! Tu sais que je lui ai
écrit pour demander un partage entre nous.

— Non, je ne le sais pas.

— Elle ne t'en a pas parlé ?

Léon eut une grimace contrariée, hésita, et
reconnut en battant des paupières :

— Si.

— Que t'a-t-elle dit ?

— Que tu lui faisais des embarras, comme
toujours.

— Et c'est tout ?

— Oui.

— Elle ne t'a pas laissé entendre qu'elle envisageait un arrangement qui nous permettrait de
vivre de nos revenus sans dépendre d'elle directement ?

— Non.

— Elle n'aurait qu'à nous faire donation, à toi
et à moi, de quelques terres, de quelques villages : Stepanovo, Petrovka, Krasnoïé..., et les
champs d'alentour. Cela ne diminuerait pas beaucoup son patrimoine et cela nous mettrait, nous, à
l'abri du besoin.

8

— Tu es dans le besoin ? demanda Léon sur un ton ironique.

— Oui, figure-toi !

— Pas moi.

Alexis s'impatientait : il avait l'impression de frapper à coups de poing dans un oreiller de duvet.

— Enfin, dit-il, il me semble qu'à notre âge nous avons droit à une certaine indépendance !

— L'indépendance ? Je ne saurais pas quoi en faire, murmura Léon en étirant devant lui ses mains nouées et retournées, les paumes à l'extérieur. Tant que maman vivra, je ne vois aucune raison de changer l'ordre des choses. Mais, si elle en décide autrement, bien sûr, je me soumettrai. Je crois que notre devoir sacré, en tant que fils, est d'obéir en tout à maman.

Ayant dit, il plissa les lèvres dans une moue de componction ecclésiastique. Alexis comprit qu'il ne tirerait rien de plus de cet homme qui avait la souplesse et le gluant d'une loche. A vingt-trois ans, Léon affichait la même gentillesse craintive, sans muscles, sans nerfs, qu'à l'époque où, tout enfant, il passait des heures blotti contre les jupes de sa mère en jouant rêveusement avec les écheveaux de soie multicolores de sa tapisserie. Il avait vieilli sans grandir. Alexis, en revanche, n'avait eu de cesse qu'il n'échappât à la tutelle maternelle. A force de supplications, il avait obtenu de Marie Karpovna qu'elle le recommandât à des amis au ministère des Affaires étrangères. Le jour où, à vingt et un ans, il avait quitté Gorbatovo pour Saint-Pétersbourg, il lui avait semblé qu'on lui arrachait un bandeau des yeux, un bâillon de la bouche. A présent, quand il revenait, de loin en loin, au bercail, c'était avec un mélange de maussaderie irraisonnée et de plaisir nostalgique. En cette saison, la campagne, aux environs de Toula, apaisait les regards par sa majestueuse monotonie. La calèche traversait une vaste plaine cultivée, aux ondulations modestes, sous un ciel bleu, légèrement pommelé de blanc. A de larges intervalles, des bouquets de bouleaux aux feuillages frissonnants ponctuaient la ligne sage de l'horizon. Au bruit des roues, des nuées d'alouettes se levaient avec des cris aigus hors des champs de seigle encore vert. Le soleil était si chaud qu'Alexis retira sa veste et déboutonna son col de chemise sous la cravate. Léon, lui, suait, tout harnaché, et, de temps à autre, écrasait un taon sur sa joue. Le dos du cocher, vêtu d'une chemise rouge, oscillait devant eux, une tache de transpiration sous chaque bras. Dans la tête d'Alexis, le temps se décrochait comme casse une branche : il n'avait plus vingt-cinq ans, mais douze ans, dix ans; il rentrait d'une promenade en forêt, avec son frère; leur mère les attendait, assise dans le jardin, devant un samovar rutilant; après lui avoir baisé la main, ils auraient droit chacun à une tartine de miel. Alexis n'avait pas connu son père, mort de phtisie peu de temps après sa naissance. Il savait seulement qu'Ivan Serguéïevitch Katchalov avait donné sa démission de l'armée pour épouser Marie Karpovna, dont tout le monde, dans le gouvernement de Toula, vantait la richesse et le caractère entier. Elle était plus âgée que son mari, et, même après la noce, n'avait laissé à personne le soin de diriger le domaine. Ivan Serguéïevitch vivait à ses côtés comme une sorte d'invité privilégié. On le disait grand amateur de réunions mondaines, de cartes et de chasse. Son portrait, un fusil à la main, une gibecière sur la hanche et un chien à sa botte, ornait le salon. Ses pipes étaient toujours là, rangées par tailles dans le râtelier. Marie Karpovna affirmait d'un ton pincé qu'Alexis ressemblait à son père. Mais, en général, elle évitait de parler du disparu. Sans doute l'avait-il déçue dès les premiers temps de leur union. Par moments, Alexis se demandait si sa mère était capable d'aimer quelqu'un.

La calèche ralentit pour traverser, dans une débandade de poules affolées, le village de Stepanovo. Un paysan, conduisant une télègue vide, se dépêcha de la ranger sur le côté pour dégager le passage. Des femmes en fichu rappelèrent leurs enfants contre leurs jupes. Un vieillard retira son bonnet et se courba en deux pour saluer les jeunes maîtres. C'était le staroste[1] de Stepanovo. Déjà la campagne reprenait sa course prévisible. Encore une prairie où un poulain roux gambadait aux côtés de sa mère, un petit bois de bouleaux à l'ombre transpercée de rayons, et voici l'entrée du parc, flanquée de piliers. Au sommet de l'un trônait un lion assis, au sommet de l'autre un lion debout. Tous deux avaient perdu leur queue.

Une allée de vieux tilleuls contournait le vaste étang à l'eau claire, où nageaient des canards, et se déroulait ensuite, entre des bouquets de frênes et de sapins, jusqu'au jardin proprement dit, voué aux lilas, aux dahlias et aux roses. Marie Karpovna avait la passion des fleurs. Chaque matin, elle passait leur inspection, pétale par pétale. Un jardinier hollandais veillait à l'entretien de cette fragile richesse. Au bout de l'allée se dressait, face à une pelouse ovale, la maison principale blanche au toit vert, avec une terrasse en demi-cercle ornée de quatre colonnes, que surmontait un fronton triangulaire. Un drapeau blanc et or, flottant au bout d'un mât, indiquait que la propriétaire des lieux était chez elle. Deux pavillons de bois, parfaitement identiques, couverts de lattes rouges, avec des volets rouges et un escalier aux marches rouges menant à une véranda, encadraient la bâtisse centrale. Celui de droite était réservé à Léon, celui de gauche à Alexis. Des

1. Ancien du village, chef de la commune.

12

chiens accoururent en aboyant pour les escorter jusqu'au pavillon de gauche.

Quand la voiture s'arrêta, le gamin Youri, courtaud et rouquin, affecté plus spécialement au service d'Alexis, se précipita pour aider le cocher à décharger les bagages. Il fut suivi par la vieille Marfa, qui avait élevé le *bartchouk*[1], et tomba en larmes sur sa poitrine. D'autres serviteurs les rejoignirent, mêlant leurs voix dans un concert de bénédictions. Alexis éprouvait un plaisir ingénu à se sentir aimé de toutes ces petites gens. A Saint-Pétersbourg, il n'avait guère l'occasion de se complaire ainsi dans les délices de la déférence populaire. Certes, comme toutes les personnes évoluées de sa génération, il était partisan de l'abolition du servage et applaudissait aux récentes promesses du tsar Alexandre II, qui envisageait une réforme du statut des paysans. Mais, quand il se retrouvait à Gorbatovo, dans le domaine de son enfance, il estimait que cet attachement des travailleurs à leur maître avait un caractère foncièrement russe, sympathique et, pour ainsi dire, sacré. Sans l'avouer à quiconque, il se demandait même si, une fois affranchis, ces hommes rustiques et naïfs ne regretteraient pas la sujétion d'autrefois, garante de leur sécurité.

1. Nom donné au fils du *barine*, le maître, le seigneur, et de la *barynia*, la maîtresse.

Après avoir satisfait bruyamment aux rites de bienvenue, il voulut se retirer dans sa chambre afin de se rafraîchir et de se changer avant le déjeuner. Mais Léon insista pour qu'il se présentât immédiatement à leur mère qui, dit-il, l'attendait avec une grande impatience. Alexis se contenta donc de brosser ses vêtements poudreux et emboîta le pas à son frère.

Ensemble, ils gravirent les marches de la terrasse, traversèrent le vaste vestibule dallé et pénétrèrent dans le salon où luisaient l'acajou des meubles, l'or des cadres et la porcelaine des vases. Sur tous les guéridons, des bouquets. Un parfum sucré, entêtant épaississait l'air de la pièce malgré les fenêtres ouvertes. A demi allongée sur une méridienne, Marie Karpovna redressa imperceptiblement le buste. Comme chaque fois qu'il revoyait sa mère, Alexis fut frappé par son air de majesté paisible. Etait-elle belle ? Il eût été incapable de le dire. A quarante-neuf ans, elle avait un visage lisse et dur, au menton romain, à l'œil bleu de faïence et au nez fort. Une robe de taffetas rose foncé moulait son buste et serrait sa taille qui était restée svelte. Un bonnet de dentelle à rubans roses coiffait sa forte chevelure blonde, dont le chignon avait le relief et la consistance d'une boule de cuivre. Elle sourit à son fils et lui tendit sa main à baiser. Après quoi, elle l'attira contre elle et l'embrassa sur les deux joues avec emportement. Il respira ce parfum d'autrefois : « Jasmin royal ».

— Enfin, te voilà ! dit-elle tandis qu'il se redressait. Tu en as mis du temps à venir !

— Dès qu'on m'a officiellement accordé mon congé, j'ai fait mes bagages, dit Alexis. Moi aussi, j'avais hâte de vous revoir !

— La maison natale te manque ?

Il mentit, par politesse :

— Evidemment !

— Malgré les distractions de la capitale ?

— Oui, maman.

— C'est bien. Assieds-toi.

Il prit une chaise. Léon l'imita. Un silence suivit, fait de contemplation réciproque.

Alexis scrutait sa mère et cherchait à savoir ce qui se cachait derrière ce front barré de deux petites rides verticales, comme des fissures dans l'ivoire. Il n'osait l'interroger et s'irritait de sa faiblesse devant elle. De toute évidence, elle s'amusait d'une curiosité si mal dissimulée. Jouant avec l'impatience de son fils, elle se mit à l'entretenir de sa santé, du temps qu'il avait fait, des travaux du domaine. Puis elle le questionna sur ses fonctions au ministère et sur ses amitiés à Saint-Pétersbourg. Léon, tout oreilles, avait un sourire béat. Enfin, Marie Karpovna annonça :

— A propos, Alexis, j'ai pris une grande résolution. Je suis sûre qu'elle te fera plaisir.

Traversé d'un brusque espoir, Alexis demanda :

— Quelle résolution ?

— Je t'en ferai part le moment venu.

— Pourquoi pas maintenant ?

— Nous allons passer à table.

— Ce n'est pas une raison !

— Si. Je n'aime pas mélanger la discussion et le repas. Tu viendras me voir après ma sieste. Ne fais pas cette tête. Puisque je te répète que je te réserve une heureuse surprise !

Alexis domina la joie qui éclatait en lui avec une violence libératrice. Cette fois, il en était sûr : sa mère avait accepté l'idée de la donation. Les revenus de sa part lui permettraient de mener, à Saint-Pétersbourg, une existence brillante. Peut-être même pourrait-il démissionner du ministère.

Cette heureuse disposition d'esprit l'accompagna pendant tout le déjeuner, qui fut lourd et lent, comme à l'ordinaire. Le vieux valet Mathieu, vêtu d'un habit gris à basques rondes et à boutons armoriés, faisait le service, aidé d'une femme de chambre, Douniacha, en *sarafane*[1] d'un bleu vif. Au bout de la table, à distance respectueuse de la mère et des fils, dans une sorte de demi-exil, siégeait Agathe Pavlovna. Cette petite personne maigre et jaune, au cheveu rare, à la poitrine plate, était la protégée de Marie Karpovna. Agée de vingt-neuf ans, veuve d'un capitaine d'infante-

1. Robe traditionnelle des paysannes russes, longue, sans manches, portée sur une blouse et retenue aux épaules par des bretelles.

16

rie, elle remplissait auprès de la maîtresse de maison le rôle de dame de compagnie, de lectrice, de secrétaire et de souffre-douleur. Très timide, elle sursautait dès qu'on lui adressait la parole. A la moindre émotion, son visage se colorait. Mais pas d'une manière uniforme. Des taches roses apparaissaient sur ses joues, sur son front. Et elle respirait par saccades. Alexis lui ayant demandé si elle jouait toujours du piano, elle rougit violemment et balbutia :

— Oui, quand Marie Karpovna en exprime le désir.

— Et quels sont vos morceaux préférés ?

— Je n'en ai pas.

— Elle raffole des romances de Glinka, dit Marie Karpovna. Plus c'est triste, plus ça lui plaît ! C'est une sentimentale.

Agathe piqua du nez dans son assiette et avala, coup sur coup, trois morceaux de *koulibiac* [1]. Elle mangeait avec voracité, ce qui était surprenant de la part d'une personne aussi mince et aussi délicate. Léon se plaisait à la taquiner sur son appétit.

— Elle est excellente, cette *koulibiac*, n'est-ce pas, Agathe Pavlovna ? dit-il.

— Excellente, en effet, murmura Agathe sans lever les yeux.

1. Pâté en croûte russe.

— Malheureusement, elle est à la viande, et je crois que vous l'aimez mieux aux choux.

— Pas du tout... J'aime... j'aime toutes les *koulibiacs* : à la viande, aux choux, au poisson...

— Il n'existe pas de plat qui puisse faire reculer ma chère Agathe, dit Marie Karpovna en riant. Peut-être la soupe aux potirons...

— Mais non, je vous assure, bredouilla Agathe. Elle était au supplice. Alexis eut pitié d'elle.

— Vous avez bien raison d'aimer les joies de la table, dit-il. D'autant que vous avez toujours la taille aussi fine !

Marie Karpovna lança à son fils un regard malicieux et enchaîna :

— Pour ça, oui, mon bon. Notre Agathe est une vraie gravure de mode. Comment trouves-tu la robe que je lui ai donnée ? A mon avis, elle lui va mieux qu'à moi ! Levez-vous, Agathe.

Agathe hésita, se leva, le visage pourpre, l'épaule basse. Elle portait une robe de cotonnade marron à plusieurs rangs de volants. Ses cheveux noirs étaient nattés et enroulés en macarons sur ses oreilles.

— Tournez-vous, commanda Marie Karpovna.

Agathe obéit dans un froissement de jupons empesés. Elle avait les larmes aux yeux.

— Très bien, très bien, dit Alexis.

Et, pour couper court à cette exhibition pénible, il se lança dans le récit d'une intrigue qui avait failli le compromettre auprès de ses supérieurs. Agathe, soulagée, regagna sa place. Jusqu'à la fin du repas, elle ne fut plus inquiétée. En sortant de table, Marie Karpovna annonça que, selon son habitude, elle allait monter dans sa chambre pour une sieste. Agathe l'accompagna afin de lui faire la lecture en attendant la venue du sommeil. Léon, lui aussi, se retira dans son pavillon pour dormir « une petite heure » sur son divan de cuir.

Trop excité pour fermer l'œil, Alexis descendit dans le jardin. Il ne ressentait plus la fatigue du voyage. La promesse d'une fructueuse conversation avec sa mère lui mettait la tête en feu. Pour se calmer, il partit, à pied, dans le parc. De petites constructions en bois étaient disséminées derrière la bâtisse principale. Elles abritaient le nombreux personnel de la maison. Marie Karpovna avait à son service, outre les domestiques proprement dits, des couturières, des brodeuses, des menuisiers, un tailleur, un cordonnier, un forgeron, un serrurier, un carrossier, un rebouteux et des jardiniers, dont le chef était le Hollandais Thomas Steen qu'elle payait mille cinq cents roubles en argent et dont elle voulait périodiquement se séparer en raison de son intempérance. Comme Alexis se dirigeait du côté de la grande serre, il aperçut, de loin, au bord du chemin, le peintre serf Kouzma devant son chevalet. Il avait de la sympathie pour ce garçon d'une trentaine d'années dont Marie Karpovna dirigeait la destinée et contrôlait le talent avec une énergie de fer. Ayant remarqué les aptitudes de Kouzma pour le dessin, elle l'avait confié, tout jeune, à son voisin de campagne Arbouzov, peintre célèbre, qui passait la moitié de l'année dans sa propriété et la moitié de l'année à Moscou. Celui-ci avait pris Kouzma en amitié, lui avait enseigné son art et l'avait même fait travailler sur ses propres tableaux. Kouzma rêvait d'une grande carrière comparable à celle de son maître, mais Arbouzov était mort, voici quatre ans, d'une pneumonie mal soignée. Aussitôt, Marie Karpovna avait fait revenir Kouzma à Gorbatovo. Depuis, sur son ordre, il peignait des fleurs d'après nature. Elle lui interdisait de s'intéresser à autre chose. C'était elle qui choisissait les sujets dont elle voulait conserver le souvenir : fleurs des jardins ou fleurs des champs. Quand un tableau était terminé, elle apposait sur le châssis le cachet ovale du domaine de Gorbatovo et rangeait la toile dans une pièce qu'elle appelait sa « chambre forte ». De temps à autre, elle passait en revue les images des plus belles fleurs qui s'étaient épanouies sur ses terres. Etant serf, Kouzma n'avait pas le droit de signer ses œuvres. Il ne s'en plaignait pas, car il détestait le travail que lui imposait la barynia. C'était avec rage, avec haine, avec désespoir qu'il fignolait, d'un pinceau précis, les pétales des roses, des iris et des camélias.

En entendant le pas d'Alexis dans l'allée, il se

retourna et un sourire triste élargit son visage au nez retroussé, aux cils incolores et aux petits yeux verts perçants. Il portait une chemise blanche de moujik, boutonnée sur le côté, et des pantalons bleus bouffants enfoncés dans des bottes. Après un échange de propos anodins, Alexis le complimenta sur la rose qu'il était en train de peindre : énorme, raide, profonde, ourlée, cramoisie, avec des reflets jaunes.

— Oui, dit Kouzma, j'espère que la barynia sera contente. Mais moi, Alexis Ivanovitch, j'en perds la raison. Vous ne pourriez pas lui dire ?

— Quoi ?

— Que j'aimerais changer, peindre des paysages, des chevaux, des visages humains... Elle ne le veut pas. Elle tient à ses fleurs. Rien qu'à ses fleurs.

— Peins donc ce qui te plaît, mais en cachette !

— C'est elle qui a les toiles. Elle les fait venir de Moscou. Elle me les donne une par une. Et puis, si je le faisais, elle finirait par le savoir. Alors, quel malheur !

— Tu as peur d'elle ?

— C'est notre barynia, Alexis Ivanovitch.

Il s'exprimait avec une certaine aisance. On voyait qu'Arbouzov ne s'était pas borné à lui apprendre la peinture. Sans doute même le gaillard avait-il lu quelques livres. Alexis lui appliqua une tape amicale sur l'épaule et promit d'intercéder auprès de sa mère :

— Je lui parlerai ; je lui expliquerai ; elle finira bien par comprendre...

Kouzma eut un regard de franche gratitude et se remit à peindre. Son pinceau voltigeait de la palette à la toile. Alexis le laissa à sa besogne de forçat horticole et poursuivit sa flânerie.

Il erra ainsi pendant une heure à travers le domaine, puis revint sur ses pas et vit sa mère qui descendait de la terrasse, en robe de dentelle écrue, les bras nus, le visage protégé par une ombrelle à manche de nacre. Cet écran de tissu léger, filtrant les rayons du soleil, donnait à ses joues une consistance irradiante de porcelaine. Sa peau semblait éclairée de l'intérieur. Ses yeux brillaient d'une lumière gaie et juvénile. On ne remarquait même pas qu'elle avait un nez aux narines un peu trop épaisses. Sa taille était haute et droite. La devinant favorablement disposée, Alexis lui dit :

— Je viens de voir Kouzma au travail. Il a un réel talent. Ne trouvez-vous pas dommage de le cantonner dans la peinture des fleurs ?

Instantanément, le visage de Marie Karpovna se crispa, son menton se durcit, ses yeux se chargèrent d'une ombre orageuse.

— Il a osé se plaindre à toi ? dit-elle d'une voix coupante.

— Non, dit Alexis. Mais j'ai cru comprendre...

— Il n'y a rien à comprendre. S'il n'est pas content, je ne lui fournirai plus de toiles, plus de couleurs, je le renverrai au village où il s'occupera des travaux des champs. Voilà comment on est remercié des avantages qu'on consent à ces gens-là ! Donnez-leur une miette, ils exigent le pain entier ! Et toi, tu te fais l'avocat de ces ingrats ! Tu te permets, pour leur complaire, de critiquer les décisions de ta mère que tu devrais respecter plus que quiconque !

Prudemment, Alexis battit en retraite. Après tout, le sort de Kouzma n'était pas son affaire. Il avait bien assez de ses propres soucis sans se charger de ceux des autres.

— Ne vous fâchez pas, maman, dit-il. C'était une simple suggestion. Si elle vous heurte, n'en parlons plus.

Marie Karpovna parut se calmer et posa une main sur le bras de son fils. Ils firent quelques pas en silence, dans l'allée. Au bout d'un moment, croyant l'occasion propice, Alexis demanda :

— Vous vouliez m'annoncer une décision importante que vous aviez prise à mon sujet ?

Il avait oublié que sa mère avait la rancune tenace. De nouveau, le visage de Marie Karpovna prit une expression empesée.

— Tu m'as trop contrariée tout à l'heure, dit-elle. Je ne suis plus disposée à te parler de ce projet. Demain, peut-être...

Il voulut insister. Elle l'arrêta net avec un sourire glacial :

— Il ne fallait pas te mettre en travers de ma route, mon cher. Maintenant, tu attendras.

— Quoi ? balbutia-t-il.

— Mon bon vouloir.

Il eut envie de la prendre à bras-le-corps et de la secouer jusqu'à faire tomber toutes les épingles de sa chevelure. Mais il ravala sa fureur et baissa le front. Déjà, Léon accourait à leur rencontre. Son obséquiosité naturelle l'empêchait de se tenir droit. L'échine fléchie, la tête inclinée sur le côté, il s'épanchait en propos filandreux, en lieux communs de politesse : Maman avait-elle fait une bonne sieste ? Ne préférait-elle pas s'asseoir à l'ombre, près de l'étang ? Elle dédaigna de lui répondre et continua son chemin, muette, flanquée de ses deux fils. Alexis nota avec inquiétude qu'elle se dirigeait vers la grande serre. N'allait-elle pas éclater de colère en apercevant Kouzma ? Il était encore là, le pinceau à la main. Elle s'arrêta derrière lui, referma les doigts en lorgnette pour avoir une meilleure vision du tableau, hocha la tête et conclut :

— C'est bien. Tout à fait ressemblant. Tu me l'apporteras ce soir. Je te donnerai un rouble et une autre toile.

Kouzma remercia et dit précipitamment, le regard oblique :

— Pour le prochain tableau, barynia, je pourrais peut-être peindre les fleurs différemment, les suggérer par des taches confuses, des nuages de

24

couleur, comme on les voit quand on cligne les yeux. Ça changerait un peu...

— Je te défends de cligner les yeux, dit-elle. Je veux qu'on distingue chaque pétale, chaque feuille !

— A vos ordres, barynia.

— Et, à l'avenir, ne me parle plus de tes sottes initiatives. Ici, c'est moi qui décide. Que chacun reste à sa place et fasse son travail, c'est la condition du bonheur dans une maison chrétienne.

Tout était dit. Il n'y aurait pas d'autre algarade. Alexis respira. Il s'irritait d'en être réduit à craindre encore les humeurs de sa mère. A Saint-Pétersbourg, il avait son âge ; ici, il retombait dans la servitude et les cauchemars de l'enfance. Marie Karpovna eut un sourire angélique et prit le bras de son fils aîné, redevenu docile. La promenade se poursuivit sans incident. On servit le thé dans le jardin, sous la tonnelle.

II

Le lendemain, vers cinq heures de l'après-midi, alors qu'Alexis, assis dans la véranda de sa maison, parcourait distraitement un almanach emprunté à la bibliothèque maternelle, il entendit des pas précipités dans l'allée. Levant les yeux de la page, il vit le petit commissionnaire de Marie Karpovna, un gamin de douze ans, habillé en cosaque, qui accourait en remuant les bras. Sa tunique sans col, à larges manches, garnie sur la poitrine d'une rangée de cartouches, était trop grande pour lui. Le tailleur de Gorbatovo l'avait habillé large en prévision d'une rapide croissance. Dès que le *kazatchok*[1] fut à portée de voix d'Alexis, il cria :

— La barynia a fini sa sieste ! Elle vous demande de venir tout de suite ! Elle dit que c'est important !

1. Nom donné en Russie à ces petits commissionnaires domestiques.

Alexis se dressa d'un bond : enfin sa mère consentait à l'entretenir de ce projet qui, s'il se réalisait, modifierait sa vie ! Suivant le *kazatchok*, il se retint de courir, par dignité, mais allongea le pas.

Dans le salon, il trouva Marie Karpovna qui l'attendait, à demi étendue sur sa méridienne. Elle s'éventait, d'un geste régulier, avec un éventail en écaille blonde. A peine se fut-il assis devant elle qu'elle attaqua d'une voix mélodieuse de contralto :

— Voilà, mon cher, le moment est venu, me semble-t-il, de parler à cœur ouvert. Ta lettre m'a fait réfléchir. Tu souhaites que je te donne, de mon vivant, certains villages, certaines terres. Si c'est pour en dilapider les revenus dans une existence dissolue à Saint-Pétersbourg, ne compte pas sur ta mère pour favoriser ta folie. En revanche, si c'est pour t'établir dans une situation sérieuse, honnête, familiale, à la campagne, je ne dis pas non.

Une froide angoisse pénétra Alexis et il respira profondément pour reprendre courage.

— Qu'entendez-vous par une situation sérieuse, honnête, familiale, maman ? demanda-t-il.

— Eh bien, mais le mariage, dit-elle. Et pas n'importe quel mariage ! Un mariage qui nous convienne, à toi et à moi.

Immédiatement il comprit qu'elle avait une candidate en vue. Affolé, il balbutia :

— Mais je n'ai nullement envie de me marier.

— Les meilleures unions ne se décident pas par envie, mais par raison. Tu as vingt-cinq ans. Tu ne fais quasiment rien au ministère. Tu mènes à Saint-Pétersbourg une vie de bâton de chaise. Il est temps de te fixer. Si tu approuves mon choix, tu n'auras pas à t'en repentir : je te gâterai, mon cher, je te gâterai plus que tu ne l'as souhaité dans tes rêves !

Alexis passa en revue, dans sa tête, les jeunes filles à marier du voisinage. A laquelle de ces demoiselles provinciales sa mère donnait-elle la préférence ? Pour sa part, il n'en voyait aucune qui méritât seulement d'être mentionnée. Devant le silence de son fils, Marie Karpovna prit une expression d'amusante connivence.

— Je parie que tu as déjà deviné à qui je pense, dit-elle en lui appliquant une légère tape sur la main avec son éventail.

— Non, je vous assure...

— Pourtant, pas plus tard qu'hier, tu lui as fait un compliment, à table.

— Moi ?

— Mais oui. Et tu paraissais très sincère ! Rappelle-toi : la taille fine...

Cette précision laissa Alexis pantois. Un échafaudage s'écroulait dans sa tête. Pris sous les décombres, il n'avait même plus la force de se débattre. Cependant, il doutait encore :

— Vous ne parlez pas sérieusement, maman ? bredouilla-t-il.

— Si, dit-elle avec détermination. J'estime qu'Agathe Pavlovna ferait une excellente épouse. Evidemment, elle est veuve, elle n'a pas de fortune, enfin elle est plus âgée que toi. En réalité, tout cela me paraît précisément une garantie de bonheur.

— Mais... mais elle est laide... Et, et... je ne l'aime pas...

— Elle n'est pas laide, trancha Marie Karpovna. Elle a de beaux yeux, de beaux cheveux, un genre distingué. Bien habillée, elle tiendra parfaitement son rang dans les salons du district.

Suffoqué par l'énormité de la proposition, Alexis éprouva soudain une irrésistible envie de rire. Son ventre se soulevait. Il s'esclaffa :

— Agathe Pavlovna! Votre dame de compagnie! C'est ça le parti reluisant que vous me destinez!... Je préférerais me faire moine !

— Tu ne te feras pas moine et tu épouseras Agathe. Vous habiterez ton pavillon que je ferai agrandir. Vous aurez vos domestiques, vos équipages, vos terres...

Tandis qu'elle discourait, avec une autorité croissante, Alexis regardait derrière elle le portrait d'Ivan Serguéïevitch en tenue de chasse. C'était vrai qu'il ressemblait à son père : la même chevelure brune ondulée, le même bec osseux dominant des lèvres épaisses, les mêmes yeux de velours au milieu de la sécheresse pierreuse des traits. Du fond de la toile, son père le suppliait de ne pas céder. Il avait trop souvent plié lui-même, autrefois, devant cette femme intraitable. Alexis, en le contemplant par-dessus la tête de sa mère, se sentait soutenu par un allié silencieux. Coupant la parole à Marie Karpovna, il dit d'un ton net :

— Non, maman. N'insistez pas. Vous perdez votre temps.

Le visage de Marie Karpovna blêmit sous l'outrage. Elle proféra :

— Tu n'as pas le droit de refuser !

— Pourquoi ?

— J'en ai déjà parlé à Agathe. Elle est toute à son bonheur. Ce serait un coup horrible pour elle !

— Comment avez-vous pu l'entretenir de ce projet avant de m'avoir demandé mon avis ?

— Je ne supposais pas que tu aurais l'audace de me tenir tête !

— Nous ne sommes plus au temps d'Ivan le Terrible !

— Aujourd'hui encore, ne t'en déplaise, dans toutes les grandes familles les enfants s'inclinent devant la volonté des parents. Si tu persistes dans ton attitude, je prendrai ton obstination pour une insulte personnelle et j'en tirerai les conséquences !

Elle parlait dans un halètement de colère. Ses yeux bleus saillaient en billes. Ses mains pétrissaient l'éventail. Elle le referma, le rouvrit, le referma encore et, soudain, le brisa. Des larmes jaillirent de ses paupières.

— Je sais que tu as une liaison à Saint-Pétersbourg, dit-elle encore. Une dénommée Varenka. Une couturière ou quelque chose comme ça. Ton serviteur, Stepan, me tient au courant de tout. Avoue : c'est à cause d'elle que tu ne veux pas ?

Furieux d'être espionné à distance, Alexis répliqua en haussant le ton :

— En voilà assez, maman ! Cette personne, très honorable, ne représente pour moi qu'un divertissement, une passade. Elle n'est pour rien dans mon intention de rester célibataire.

— Alors, tu n'as pas d'excuse ! s'écria-t-elle.

Et, se dressant de toute sa taille, galvanisée, le dos droit, le menton proéminent, elle glapit :

— Je t'ordonne de m'obéir sans discussion !

Il se raidit :

— Non.

— Je te couperai les vivres ! Tu n'auras plus pour subsister que ton traitement de fonctionnaire !

— Je m'arrangerai.

— Je ne paierai plus tes dettes !

— Tout plutôt que le mariage imbécile dont vous me menacez !

— Chien ! hurla-t-elle. Tu ne respectes plus ta mère ! Je t'apprendrai !

Et elle le gifla avec tant de violence qu'il ressentit le choc jusque dans les os de sa nuque. La joue incendiée, le cœur en révolte, il regardait devant lui cette furie aux prunelles injectées et s'étonnait de ne pas la haïr davantage. Les débordements du despotisme donnaient même, pensait-il, une certaine beauté à ce visage viril. Il lui pardonnait tout à cause de la noblesse de ses traits. Ils restèrent un moment immobiles, échangeant par le regard l'horreur, la douleur, la fierté dont ils étaient animés l'un et l'autre. Puis, Marie Karpovna se laissa retomber sur la méridienne et se cacha la face dans les mains. Un râle de bête lui cassa les épaules. On ne savait si elle sanglotait ou si elle s'étranglait de rage. Alexis éprouva un moment la tentation de se rapprocher d'elle, puis, se ravisant, il se dirigea vers la porte. Sur le seuil, il se retourna. Ses yeux rencontrèrent les yeux du portrait. Prêt à partir pour la chasse, Ivan Serguéïevitch, l'homme doux, nonchalant et soumis, l'approuvait.

La cloche du dîner ramena Alexis à la maison. Mais Marie Karpovna ne parut pas à table. On lui servit un bouillon maigre dans sa chambre. Agathe était restée auprès de sa maîtresse. Alexis et Léon prirent leur repas tête à tête. Dès les hors-d'œuvre, Alexis, incapable de se contenir, dit :

— Je viens de me disputer avec maman.

— Au sujet d'Agathe Pavlovna ? demanda Léon, sans lever les yeux de son assiette.

— Oui. Tu étais au courant de ses intentions ?

— Bien sûr !

— Pourquoi ne m'as-tu pas prévenu ?

— Elle m'avait fait jurer de me taire, dit Léon. Il se servit de harengs, de cèpes marinés, de concombres salés, mangea un morceau et soupira :

— Alors, tu as refusé ?

— Evidemment !

— Tu as eu tort.

— Pourquoi ?

— Agathe Pavlovna en vaut une autre. Et, en contrariant maman, tu l'as blessée. A présent, elle est malade de ton entêtement. Elle n'a pas l'habitude qu'on lui résiste.

— Mais je ne peux tout de même pas sacrifier ma liberté, ma vie pour lui complaire !

— Je crois que si. Un fils aimant n'aurait pas hésité.

— Tu m'embêtes ! rétorqua Alexis. Elle grognera un peu. Et puis elle se résignera.

Mathieu apporta des croquettes de viande à la crème aigre. Alexis y toucha à peine. Il avait un poids sur l'estomac. Léon, en revanche, s'empiffra. A la fin du dîner, il proposa une partie de billard. Alexis se déroba. Il avait hâte de se retrouver seul.

De retour dans son pavillon, il refusa les services du petit Youri qui voulait l'aider à se déshabiller. Ayant fait sa toilette du soir, il se posta, en robe de chambre de Boukhara, devant la fenêtre ouverte. La nuit était venue, transparente, légère. L'eau de l'étang luisait au loin comme une lame d'acier, entourée par la masse noire des arbres. L'herbe de la pelouse était bleue, avec, tout autour, la coulée laiteuse des chemins sablés et ratissés. Dans le silence précédant le sommeil, les oiseaux se répondaient de branche en branche. Pinsons et fauvettes se turent les premiers. Un loriot poussa son sifflet joyeux. Puis un rossignol chanta, solitaire, désespéré et calme. La paix de la campagne entourait Alexis et il souffrait de ne pouvoir la retrouver en lui-même. Dans la grande maison, au bout de l'allée centrale, une seule fenêtre était encore éclairée : celle de sa mère.

III

— Elle ne sort plus de sa chambre, dit Léon. Elle refuse de se nourrir. J'ai envoyé chercher le docteur.

Alexis emboîta le pas à son frère, qui était venu le surprendre au saut du lit. En arrivant à la grande maison, ils tombèrent dans un remue-ménage de domestiques éplorés. Le malaise de la barynia les avait tous frappés de stupeur. Comme un essaim d'abeilles privées de leur reine, ils se précipitaient en tous sens et ne savaient plus à qui obéir. Au milieu de ce désordre, Alexis aperçut Agathe. Elle avait les yeux rouges. En le voyant, elle baissa les paupières et s'empourpra par plaques. Sans doute Marie Karpovna lui avait-elle dit qu'il refusait de la prendre pour femme. Humiliée, elle n'osait plus le regarder en face. Il plaignit, à part soi, cette innocente victime des lubies maternelles. Comme elle allait remonter dans la chambre de Marie Karpovna, il l'arrêta :

— J'aimerais la voir.

— Oh! non, Alexis Ivanovitch, dit Agathe, effrayée. Je vous en prie... Elle ne veut pas...

— Et moi? demanda Léon.

— Vous, c'est autre chose... Venez... Mais ne restez pas longtemps... Elle est très faible...

Fier de son privilège, Léon gravit l'escalier derrière Agathe. Quand ils eurent disparu au tournant de la galerie à balustrade, Alexis ne sut plus que faire. Il hésitait entre le regret d'avoir si violemment mécontenté sa mère et l'irritation contre ce qui n'était peut-être qu'une comédie. Tout, chez cette femme, était imprévisible et disproportionné. Elle vivait au milieu des autres comme si elle eût été seule au monde. Agacé par l'incohérence de ses pensées, Alexis songeait à se réfugier dans la salle de billard pour faire quelques séries lorsque des tintements de clochettes annoncèrent l'arrivée d'une voiture. Le Dr Zaïtsev, médecin du district, apparut sur le perron, sa trousse à la main. C'était un petit homme bedonnant, d'une soixantaine d'années, aux favoris blancs comme la charpie de coton dont il se servait pour ses pansements.

— Que ressent-elle au juste? demanda-t-il.

— Je n'en sais rien, dit Alexis. Une perte de vitalité, j'imagine, une sorte de langueur...

— Menez-moi auprès d'elle.

Alexis ne pouvait refuser. Il accompagna le médecin jusqu'à la chambre. En ouvrant la porte, il vit sa mère couchée dans son lit, le buste soutenu par des oreillers, le profil pâle et dur. Elle tourna la tête, aperçut son fils et ses yeux s'agrandirent de fureur. Alexis battit en retraite. Léon le rejoignit sur le palier pour laisser le médecin seul avec Agathe et la malade. Les deux frères se plantèrent de part et d'autre de la porte comme des sentinelles. Zaïtsev ne ressortit qu'au bout d'une demi-heure. Il paraissait préoccupé.

— Je crois qu'elle a reçu un grand choc moral, dit-il. Je l'ai saignée. Et je lui ai donné des gouttes de laurier-cerise et de l'eau d'orange amère.

— Cependant, son cas n'est pas d'une extrême gravité, je suppose, docteur ? interrogea Alexis.

— On ne sait jamais avec ces natures d'une sensibilité excessive !

— Ah ! tu vois, dit Léon.

— Oui, poursuivit Zaïtsev. Chez certaines personnes, le psychique agit sur le physique selon un mécanisme mystérieux. Toutefois je pense qu'avec un repos prolongé, l'absence de toute contrariété, une nourriture saine et équilibrée, votre mère surmontera sa défaillance. J'ai donné des instructions précises à Agathe Pavlovna. Elle me tiendra au courant de l'évolution...

Après le départ du médecin, Agathe reparut à son tour et annonça tragiquement que Marie Karpovna réclamait un prêtre. De nouveau, la maison bourdonna, s'agita. Des servantes épouvantées chuchotaient : « La maîtresse se sent mal ! La maîtresse se meurt ! Qu'allons-nous devenir, pauvres orphelines ? » Le cocher Louka fut envoyé au village de Stepanovo, à la recherche du père Kapiton.

En attendant l'arrivée du saint homme, les domestiques se réunirent dans l'oratoire privé de la barynia pour une prière. Au premier rang, se tenaient Agathe, Alexis et Léon. La pièce, petite et sombre, sentait l'encens et l'huile chaude des veilleuses. Une dizaine de flammes captives palpitaient devant le mur caparaçonné d'icônes. Des reflets roux dansaient sur les revêtements métalliques des images. Agenouillé près de son frère, Alexis remuait les lèvres sans que son esprit participât à l'oraison générale. Le regard fixé sur une Sainte Vierge au visage bistre, il se répétait : « C'est faux. Elle n'est pas malade. Elle veut nous inquiéter, se venger de moi par le remords. » Et, aussitôt après : « Fais, mon Dieu, qu'elle guérisse ! Autrement, je ne serai plus jamais heureux ! »

Après avoir récité trois fois le Notre Père, l'assistance se releva, se signa et se dispersa en soupirant. Le pope se présenta sur ces entrefaites. Il apportait les sacrements. C'était un jeune rouquin à la barbiche pauvre et au dos voûté. Agathe le conduisit auprès de la barynia et redescendit vers les deux frères.

— Elle se confessera, elle communiera, et

alors, si Dieu le veut, la santé lui reviendra, dit-elle.

Quant aux gouttes de laurier-cerise prescrites par le Dr Zaïtsev, Agathe n'y croyait pas beaucoup. Marie Karpovna l'avait d'ailleurs priée d'alerter Marfa, qui cultivait des herbes très efficaces dans son enclos. On n'en dirait rien au médecin.

Après s'être confessée et avoir reçu la communion, Marie Karpovna déclara qu'elle souhaitait prendre congé de ses gens avant de mourir. Agathe rassembla serviteurs et servantes, au nombre d'une trentaine, dans le vestibule. Un à un, ils gravissaient l'escalier, pénétraient dans la chambre, baisaient la main de la barynia et redescendaient les marches en pleurant. Parmi eux, Alexis aperçut Kouzma, qui, délaissant ses pinceaux, était venu s'incliner devant sa tortionnaire. Mais lui, en la quittant, avait les yeux secs. Quand le dernier domestique eut accompli son devoir d'adieu, Agathe dit à Alexis :

— A vous, maintenant, Alexis Ivanovitch.

— Vous croyez que je peux ? balbutia-t-il.

— Elle l'a demandé expressément.

Alexis franchit à son tour la porte restée ouverte et s'approcha du lit. Marie Karpovna tourna vers lui un visage exsangue. Son cou émergeait d'un bouillonnement de dentelle. Ses cheveux blonds, épandus sur ses épaules, contrastaient par leur chatoiement avec la pâleur de ses traits. Le père Kapiton quitta la pièce après avoir béni la mère et le fils d'un signe de croix. Alexis mit un genou à terre et baisa la main blanche qui reposait sur la couverture de piqué bleu. Cette même main se souleva doucement et lui caressa la nuque. Une lumière angélique parut dans les yeux de Marie Karpovna.

— Je te pardonne, Alexis, dit-elle d'une voix éteinte. Pardonne-moi, toi aussi. Ne garde pas un mauvais souvenir de ta mère.

— Pourquoi parlez-vous ainsi ? dit-il. Vous allez guérir !

— J'en doute.

— Le Dr Zaïtsev me l'a affirmé tout à l'heure.

— J'ai plus confiance en mon intuition qu'en sa science.

Sur le point de s'attendrir, Alexis remarqua que sa mère s'était parfumée au « Jasmin royal » pour recevoir ses visiteurs. Le flacon de parfum était encore là, sur la table de chevet, à côté des fioles de médicaments. De nouveau, le sentiment d'une atroce supercherie le traversa comme la douleur inattendue d'une crampe. Cette chambre bleu et rose, avec ses rideaux à bouillonnés, sa coiffeuse en bois de citronnier, ses fauteuils aux capitons moelleux, sa grande icône dans un coin, qu'éclairait une veilleuse à godet de verre rouge, tout cela n'était qu'un piège. Et il allait donner dedans, la tête la première. La voix de Marie Karpovna reprit, mélodieuse :

— Comme c'est bien! Comme je me sens en paix depuis ma communion! Maintenant, tout peut advenir! Je suis prête!

Et elle ajouta, un ton plus bas :

— Alexis, mon cher Alexis, dis-moi que tu épouseras Agathe.

Il était préparé à ce retour offensif.

— Non, dit-il durement.

— C'est ton dernier mot ?

— Oui.

— Quoi qu'il arrive ?

— Quoi qu'il arrive, maman.

— C'est bien. Je ne t'en veux pas. Pourtant, il t'aurait été facile d'éclairer mes derniers instants... Je serais partie avec la conscience d'avoir assuré le bonheur de deux êtres qui me sont chers : mon fils aîné et Agathe...

Un craquement de parquet attira l'attention d'Alexis. Il tourna la tête et aperçut Léon qui épiait la scène par l'entrebâillement de la porte.

— Allons, fais un effort, reprit Marie Karpovna. Réponds-moi oui, et je te bénirai.

Bloqué dans un refus hargneux, Alexis secoua la tête négativement. Une contraction raidit les traits de Marie Karpovna. Ses yeux de mourante s'écarquillèrent sur un regard singulièrement vivace. Tout son visage flamba de colère.

— Va-t'en! siffla-t-elle.

Il sortit de la chambre sans se retourner. Léon le remplaça au chevet de leur mère. Comme

Alexis, il baisa la main pendante et eut droit à une caresse sur la nuque. Mais Marie Karpovna ne prononça pas un mot, trop épuisée peut-être par sa dernière algarade. Ayant attiré une chaise, Léon s'assit auprès du lit. Pas plus que son frère, il ne croyait que les jours de la malade fussent en danger. Mais il se sentait contraint, par respect filial, d'entrer dans le jeu, d'accepter la frime. Il essayait même d'être triste. En vain. A regarder cette femme allongée dans sa chemise de nuit en dentelle, des années de soumission, d'humiliation, de crainte, de rancune lui remontaient à l'esprit comme un fleuve de boue qui soudain se gonfle et déborde. Dès son enfance, il avait appris à filer doux devant elle. Toute sa vie, dans l'ombre de cette créature froide et dominatrice, n'avait été qu'une grimace. Elle l'avait écrasé de son autorité. Elle l'avait privé de lui-même. A cause d'elle, il ne savait plus qui il était, ce qu'il voulait. Même l'aspect avantageux de Marie Karpovna était à ses yeux un défaut, une insolence de la nature. Il souffrait de la voir sculpturale, inaltérable, malgré son âge. Il eût aimé une mère vieille, douce, indulgente, fatiguée, au lieu de ce roc de lucidité et de volonté. Alors, peut-être se fût-il épanoui dans la tendresse. Alexis, lui, avait su échapper à l'emprise maternelle. Léon n'avait aucune sympathie pour ce frère dont la liberté de manières le renfonçait, par contraste, dans sa veulerie. Mais il l'admirait d'avoir tenu tête au despote en jupons qui régnait sur Gorbatovo. A sa place, il n'aurait pas osé. Si elle venait à mourir demain, ce qui était peu probable, la propriété serait à eux ! Plus d'entraves, une vie large et le ciel pour unique juge. Comme il la détestait ! Cette haine était même le seul point ferme de son caractère. Avec une cruauté réfléchie, il observait ce visage dont chaque détail lui était connu en espérant y lire les signes d'une fin prochaine. Mais Marie Karpovna avait une respiration régulière. Les paupières closes, elle paraissait dormir. Soudain elle dit :

— C'est toi qui épouseras Agathe.

Il tressaillit sous le choc. Rassemblant ses forces, il voulut, comme son frère, crier non, mais un souffle timide s'échappa de ses lèvres :

— Oh ! maman, vous pensez vraiment qu'il le faut ?...

— Oui, Léon. Je compte sur toi. Tu dois me consoler de l'affront que m'a infligé Alexis.

A présent, ayant tourné la tête, elle le scrutait avec un air d'estime et de commandement.

Il eut envie de la jeter au bas du lit et de la piétiner. Mais il y avait si longtemps qu'il lui obéissait en tout que sa volonté était définitivement émoussée. Incapable de résister à cette voix, à ce regard, il murmura :

— C'est bien. Mais pas tout de suite. Laissez-moi m'habituer à l'idée. Ne dites rien encore à Agathe...

— Je te le promets. J'attendrai d'être complètement rétablie.

— Vous le serez bientôt, maman.

— Je l'espère, dit-elle. Grâce à toi. Merci, Léon, merci, mon fils, mon seul fils.

Il comprit qu'elle n'avait jamais cru à sa mort prochaine. Berné, roulé dans la farine, il se retrouvait tout étourdi en face d'un nouveau destin qu'il n'avait pas choisi. Payant d'audace, il demanda :

— Me ferez-vous une donation sur la propriété, à l'occasion de ce mariage ?

Elle le considéra avec étonnement :

— Et pourquoi cela, s'il te plaît ?

— Vous l'aviez promis à Alexis.

— Ce n'est pas la même chose. Lui, vivant à Saint-Pétersbourg, ne voulait pas s'enterrer à la campagne. Je devais donc l'appâter. Toi, tu es sur place. Tu n'as besoin de rien. Mais je te gâterai d'une autre façon. Fais-moi confiance. Tu peux te retirer, maintenant. Dis à Agathe de venir.

— Vous ne lui parlerez pas de... de...

— Puisque je t'ai donné ma parole...

En sortant de la chambre, il retrouva Agathe qui attendait son tour sur le palier. A la vue de cette petite personne humble et défraîchie, un violent désespoir le saisit. Ce qui n'avait été qu'un échange de mots avec sa mère se transformait en une réalité pesante. Son avenir, c'étaient ce long nez, ces yeux sans éclat, cette peau jaune et marbrée. Pourrait-il jamais la prendre dans ses bras ? Elle n'avait pas de sexe, pas d'odeur, pas de rayonnement. Malgré sa robe, elle n'était pas une femme. Et elle allait devenir *sa* femme !

Aussitôt il se raisonna. Rien ne l'obligerait, une fois marié, à coucher avec elle. Après avoir été la dame de compagnie de sa mère, elle serait sa dame de compagnie à lui. Les apparences conjugales étant sauves, personne, pas même Marie Karpovna, n'irait le chicaner sur ce qui se passerait dans le lit. Rasséréné, il dit aimablement :

— Ma mère vous attend, Agathe Pavlovna.

Et il se précipita dans l'escalier. Fuyant la maison principale, il rentra dans son pavillon avec un sentiment de délivrance. Marie Karpovna ne venait jamais ici. Il pouvait donc, en toute impunité, se complaire au milieu du désordre. Dans son « bureau », les rayons de la petite bibliothèque étaient vides, des bouquins dépareillés s'entassaient par terre, entre les chaises. Sur sa table, traînaient des verres souillés, des assiettes pleines de culots de pipe noirâtres et puants. Aux murs, quelques gravures de Souzdal [1] disparaissaient sous un duvet de poussière. Le divan de cuir noir, sur lequel il faisait sa sieste, était déformé en son milieu et perdait son crin par trois déchirures. Des coussins en tapisserie

1. Ville russe réputée pour ses gravures, comparables à celles d'Epinal.

jonchaient le plancher, dont la peinture rouge s'écaillait. Les autres pièces n'étaient pas mieux tenues. La direction du ménage incombait à la servante Xénia. Elle commandait au reste de la maisonnée mais n'avait pas le droit de déplacer un objet, d'épousseter, de nettoyer sans la permission de Léon. Il l'aimait bien parce qu'elle parlait peu et se montrait toujours disponible quand il avait envie d'elle. Depuis six ans qu'elle était sa maîtresse, il n'avait jamais envisagé de la remplacer. Il se promit de la garder à ses côtés après le mariage. Agathe était assez conciliante pour accepter cette situation. Ainsi, peut-être, ne serait-il pas trop malheureux.

On frappa doucement à la porte. C'était Xénia. Elle l'avait entendu rentrer et venait aux nouvelles. Il lui fut reconnaissant d'être si jeune et si fraîche, avec ses joues lisses et rebondies comme des pommes de Crimée, ses sourcils noirs fortement arqués et son petit nez retroussé, aux narines courtes. Elle portait une robe bleu ciel, qui bombait moelleusement sur sa poitrine. Ses cheveux châtains étaient tressés en couronne sur le sommet de son crâne.

— Comment va la barynia ? demanda-t-elle.

— Mieux, dit-il.

— Dieu soit loué ! Vous devez être content !

— Très content.

— J'aurais peut-être dû aller la saluer avec les autres, tout à l'heure.

46

— Pourquoi ? Tu ne fais pas partie de sa maison. Tu es à moi.

Et, coupant court, il attira Xénia sur le divan. Elle se dégagea, courut fermer la porte à clef et revint dans ses bras. Ils firent l'amour brutalement, sans se dévêtir. Léon n'aimait que cette façon de posséder les femmes. Rassasié, il se leva et se reboutonna, tandis que Xénia arrangeait sa coiffure devant la glace.

L'heure du déjeuner le ramena à la maison principale. A table, il retrouva Alexis et Agathe. Elle lui parut anormalement émue. Son sourire découvrait ses dents qui étaient grises et irrégulièrement plantées. Chaque fois que son regard rencontrait celui de Léon, elle rougissait violemment. De toute évidence, Marie Karpovna l'avait, malgré sa promesse, avertie de son nouveau projet. Pour marquer son consentement, la jeune femme avait changé de robe et piqué un camélia à son corsage.

Après le repas, elle monta auprès de la malade pour la séance de lecture. Resté seul avec son frère, Léon jugea prématuré de lui révéler qu'il allait le remplacer dans le rôle du mari d'Agathe. Il redoutait un éclat de rire. Ou, peut-être, un conseil de révolte. Alexis aimait les situations tranchées. Léon pas. Son climat, c'étaient la pénombre, les mouvements lents et mous, la reptation prudente entre les obstacles.

Il rentra chez lui et s'allongea, sans retirer ses

bottes, sur le divan de cuir noir, pour une sieste. Une chaleur poisseuse régnait dans la pièce. Des mouches, agglutinées dans la soucoupe pleine d'un sirop vénéneux de fausse oronge, bourdonnaient désespérément. D'autres se posaient sur le front moite de Léon, se promenaient sur ses joues. Il les chassait du revers de la main. Sa bouche était sèche, amère. Il était persuadé qu'après l'agitation de cette matinée il serait trop énervé pour dormir. Mais à peine eut-il fermé les paupières qu'un lourd sommeil le posséda. A son réveil, deux heures plus tard, il tenta de se rappeler le songe qui l'avait visité. Rassemblant des images éparses, il revit pêle-mêle Agathe, Xénia, sa mère. Toutes trois étaient nues et se disputaient autour d'un berceau. Et, dans ce berceau, il y avait un homme : lui, Léon, en personne, nu aussi, énorme, velu, avec une pipe en guise de hochet. Sans chercher le sens de cette fantasmagorie, il ouvrit un cahier sur la table. Il avait l'habitude d'y noter ses rêves. Ayant marqué la date, il rédigea, en s'appliquant, le compte rendu de cette vision incohérente. Puis il tira un trait sous le paragraphe, referma le cahier, alluma une pipe et attendit, les yeux au loin, la lente venue du crépuscule.

IV

La première idée d'Alexis, après son altercation avec Marie Karpovna, avait été de repartir immédiatement pour Saint-Pétersbourg. Puis, la tornade passée, il avait résolu de rester jusqu'à la guérison complète de sa mère. Peut-être, une fois rétablie, oublierait-elle sa menace de lui couper les vivres. S'il ne devait compter que sur son traitement de fonctionnaire, il serait obligé de se restreindre, de renoncer à quelques sorties, sans doute même de déménager pour un appartement plus modeste. Cela, il ne pouvait l'admettre.

La nouvelle de la maladie de Marie Karpovna s'était vite répandue dans les propriétés environnantes. Dès le troisième jour, deux voisins vinrent s'enquérir de sa santé. Le lendemain, il s'en présenta six. Parmi eux, rayonnait l'élégant Fedor Davidovitch Smetanov, qui était veuf depuis deux ans et s'en consolait, disait-on, en faisant le joli cœur auprès de toutes les femmes du district. Ils arrivèrent en groupe, dans trois calèches.

Alexis et Léon les accueillirent dans le salon. Agathe courut annoncer leur visite à la barynia et redescendit peu après en apportant les remerciements émus de sa maîtresse qui, étant trop faible pour recevoir ces messieurs, les priait de l'excuser et de rester dîner à Gorbatovo. Tous acceptèrent joyeusement. Il y avait là deux propriétaires fonciers d'un âge mûr, amis inséparables mais qui se disputaient à tout propos, un ancien maréchal de la noblesse du district, personnage important, aux cheveux teints et au ventre serré dans un corset, le géomètre-arpenteur, qui se piquait de poésie, le substitut au toupet roux et aux yeux injectés de bile. Quant à Smetanov, qu'Alexis n'avait pas vu depuis longtemps, il lui parut rajeuni par son deuil. Grand et fort, le visage rosé, les favoris blonds en côtelettes, ce quinquagénaire ressemblait à feu l'empereur Alexandre Ier. Malgré la chaleur, il portait une redingote noire, ouverte sur un gilet bleu nuit, des pantalons gris perle et une cravate grise étroite, aux reflets d'argent. Deux chaînes en or barraient son ventre. Son domaine comptait six cents âmes. Il jouissait de l'estime générale. D'emblée, il interrogea Alexis sur la vie à Saint-Pétersbourg. Bien que ne bougeant pas de sa province, il semblait au courant de toutes les intrigues politiques ou théâtrales. Dès qu'Alexis se lançait dans quelque anecdote, il l'interrompait en disant : « Ah ! oui, j'en ai entendu parler... »

Selon l'usage, seuls les hommes s'étaient dérangés pour cette visite de courtoisie. Il fallait donc prévenir quelques épouses, restées à la maison, qu'ils rentreraient tard dans la nuit. On envoya des moujiks à cheval aux quatre coins du district. Alexis donna des ordres aux cuisines pour un repas de neuf couverts. Pour commencer, les invités s'approchèrent d'une table chargée de hors-d'œuvre : caviar frais, caviar pressé, filets de harengs, concombres salés, esturgeon fumé, balyk, petits pâtés chauds à la viande et aux choux... Debout devant cet étalage de victuailles, chacun se servait selon sa fantaisie et, entre deux morceaux, avalait un verre de vodka glacée. On but à la guérison de Marie Karpovna, à la santé de l'empereur, à la gloire de l'armée, à la prospérité du pays et à la grâce du beau sexe. Puis on s'assit à une autre table pour le repas proprement dit.

Seule femme au milieu de cette assemblée d'hommes joyeux et gloutons, Agathe se repliait sur elle-même dans sa robe de cotonnade jonquille, cadeau de Marie Karpovna, s'effaçait, s'appauvrissait sous l'effet de la bonne humeur ambiante. N'osant intervenir d'un mot, d'un geste dans l'enchaînement du service, elle suivait d'un regard inquiet le va-et-vient des domestiques. Mais, malgré l'absence de Marie Karpovna, le dîner se déroulait sans à-coups. A l'énorme esturgeon en gelée succédèrent des côtelettes de volaille à la Kiev, pleines de beurre fondu, et une glace à la vanille garnie d'une macédoine de fruits. Les visages s'échauffaient, animés par le vin du Rhin. De minute en minute, la conversation devenait plus bruyante. C'était le bellâtre Smetanov qui dominait le brouhaha de sa voix grasse de baryton. A l'entendre, l'empereur avait eu tort de terminer la guerre de Crimée par une paix boiteuse qui déshonorait la Russie. Alexis le contredit en arguant de la désorganisation de l'armée, épuisée par le siège de Sébastopol. Au milieu de la discussion, la porte s'ouvrit à deux battants et les convives se turent, stupéfaits. Sur le seuil venait de surgir Marie Karpovna, grande, pâle et radieuse, dans une robe de taffetas vert olive qui accentuait le lustre blond de ses cheveux. Tout le monde se leva dans un bruit de chaises repoussées. On s'exclamait devant sa bonne mine, on la congratulait, on s'approchait d'elle pour lui baiser les mains. Satisfaite de l'effet produit par son apparition, elle dit avec un léger rire :

— Eh ! oui, mes amis. Je n'ai pu supporter de rester au lit, vous sachant réunis en bas, dans la salle à manger. Votre présence m'a guérie. Et aussi une grande nouvelle que je tiens à vous annoncer !

Ses yeux pétillaient de malice. Avait-elle jamais été malade ? Elle marqua un temps pour aiguiser la curiosité de son auditoire et prononça d'une voix suave :

— Mon fils Léon va épouser Agathe Pavlovna.

Alexis dirigea un regard ironique sur son frère qui, estomaqué, un sourire niais aux lèvres, hochait la tête en signe de confirmation. Ainsi Léon s'était fait piéger. Repoussée par un de ses fils, Marie Karpovna, dans son obstination maniaque, s'était rabattue sur l'autre. Pourquoi diable voulait-elle à toute force faire épouser Agathe par Alexis ou par Léon ? Dans l'esprit d'Alexis, la réponse était claire : parce que ainsi elle aurait une bru sur mesure, qui lui céderait toujours, et non une femme venant de l'extérieur, avec un caractère imprévisible et des exigences hors de saison. Inutile d'élargir le clan familial, quand on a tout ce qu'il faut sous la main. A côté de la barynia, Agathe, confuse, baissait les paupières et pétrissait un mouchoir entre ses doigts noueux aux ongles courts. Déjà, les félicitations fusaient de toutes parts. Alexis s'approcha de son frère et lui tapa sur l'épaule :

— Tu dois être heureux !

— Très heureux, marmonna Léon, avec, dans les yeux, une lueur de haine impuissante.

Alexis s'inclina devant Agathe, lui souhaita toutes les chances possibles et complimenta sa mère sur la réussite de son projet. Marie Karpovna reçut ces paroles avec une grave tendresse.

Elle paraissait avoir oublié le différend qui l'avait éloignée de son fils aîné.

— A quand la noce ? demanda Smetanov.

— Rien ne presse, dit Marie Karpovna. Il faut d'abord que j'arrange le nid de ces chers enfants. J'ai une petite idée à ce sujet...

Et, tournée vers Alexis, elle ajouta :

— Bien entendu, tu vas rester jusqu'au mariage de ton frère !

— A condition qu'il ne tarde pas trop, dit Alexis. N'oubliez pas que je suis fonctionnaire...

— Ne t'occupe donc pas de cela. J'écrirai en haut lieu. Je pense qu'il faudrait célébrer cette union avant le 14 septembre, jour de l'Exaltation de la Sainte Croix... Venez, mes amis...

Docile, l'assistance passa au salon. Marie Karpovna décrocha elle-même la plus ancienne icône de la maison et la tint à deux mains au-dessus de Léon et d'Agathe qui s'étaient agenouillés côte à côte. Pendant la bénédiction, Agathe eut un sanglot convulsif. Sa tête tomba sur sa poitrine. De rudes saccades ébranlèrent ses épaules. Enfin, les fiancés se relevèrent en se tenant par la main. Marie Karpovna leur ordonna de s'embrasser. Ils s'exécutèrent maladroitement. Les lèvres de Léon effleurèrent le front d'Agathe. Alexis crut remarquer sur les traits de son frère une grimace d'aversion mal réprimée. Tout le monde applaudit. Marie Karpovna fit servir du champagne. Le domestique apporta du champagne de Crimée.

Elle se fâcha et réclama du champagne français. On trinqua autour du couple qui, silencieux, engoncé, paraissait impatient de se dérober à toutes ces marques de joie. Puis, à la demande générale, Agathe se mit au piano. Elle joua avec adresse une polonaise de Chopin. Debout à côté d'elle, Léon s'efforçait de prendre un air, sinon amoureux, du moins inspiré. Smetanov proposa de chanter en chœur quelques chansons russes. Il entonna : *En descendant le cours de notre mère la Volga*. Tout en détaillant les paroles avec assurance, une main derrière le dos, les épaules raides, il regardait intensément Marie Karpovna. Et elle lui souriait avec grâce. Bientôt, elle aussi se mit à chanter. Toute l'assistance fut entraînée. Les domestiques, massés dans l'embrasure des portes, admiraient, en hochant la tête, les maîtres qui se donnaient du bon temps.

Devant cette assemblée de visages heureux, Alexis avait l'impression d'une farce pitoyable. Il était impossible que tous ces gens ne fussent pas conscients de l'absurdité d'un pareil mariage. Pourtant, ils feignaient de s'en réjouir. Hilares, ils applaudissaient l'union d'un lapin et d'une grenouille. On se serait cru dans un vieux conte russe, dominé par la volonté d'une sorcière. Responsable de ces fiançailles contre nature, Marie Karpovna était la reine de la fête. Alexis eut envie de fuir ce cloaque de mensonges. Mais, étant le fils aîné de la maison, il ne pouvait donner le signal du départ. Quiconque accepte la protection accepte aussi la domination. L'aile tutélaire réchauffe et la griffe retient.

Agathe tapait de plus en plus fort sur le piano. On lui adjoignit un serviteur qui jouait de l'accordéon et un autre qui grattait de la balalaïka. Encouragés par Marie Karpovna, deux couples de domestiques se lancèrent dans une danse populaire endiablée. Des invités se mêlèrent à leurs trémoussements. Marie Karpovna se leva à son tour. Un mouchoir à la main, elle évoluait avec la majesté d'un cygne, glissant sur le parquet sans qu'on vît remuer ses épaules. Smetanov tournait autour d'elle d'un air insolent et gaillard et, de temps à autre, frappait le sol du talon à la manière des moujiks. On forma le cercle, on battit des mains en mesure. Quand, épuisée et rieuse, Marie Karpovna se rassit dans son fauteuil, Smetanov mit un genou à terre devant elle et lui baisa le bout des doigts.

La soirée se prolongea très tard. Maria Karpovna paraissait infatigable. A deux reprises, elle retint les invités qui s'apprêtaient à partir. Enfin, ils prirent congé pour de bon. Tout le monde sortit sur le perron. Dans la nuit noire, les cochers avaient allumé les lanternes des voitures. Des silhouettes confuses traversaient en courant le faisceau oblique des rayons. Çà et là, luisaient l'œil d'un cheval, le médaillon d'un harnais, le pli d'une capote de cuir, le manche d'un fouet, une gourmette. L'embarquement eut lieu au milieu des rires. Lorsque la dernière calèche se fut éloignée dans un tintement de clochettes, Marie Karpovna s'appuya au bras d'Alexis et dit :

— Tu vois, mon cher, avec un peu de bon sens, tout finit par s'arranger.

V

Une force irrépressible attirait Alexis vers les communs. Depuis son arrivée, il avait à plusieurs reprises résisté à la tentation de s'y rendre. Cette fois, il se laissait porter par ses jambes. Là, au fond du jardin, à l'écart des dortoirs où logeait l'ensemble du personnel domestique, hommes et femmes séparés, se dressait une isba isolée, entourée d'un enclos. C'était la demeure de Marfa, l'ancienne *niania* [1] des enfants. Elle n'avait plus d'autre fonction que de cultiver, sur son lopin de terre, des herbes médicinales. On la disait un peu sorcière, mais ses pratiques de magie ne l'empêchaient pas de fréquenter assidûment l'église. Même le père Kapiton ne pouvait lui reprocher ses incantations et ses voyances, tant elle y mêlait de références bibliques. Elle avait fait de nombreux pèlerinages et en avait rapporté des reliques qu'elle conservait dans un

1. Bonne d'enfants.

coffret : fioles d'eau bénite, lambeaux de chasubles miraculeux, brins de cheveux ayant appartenu à un thaumaturge...

Dans son jeune âge, même après que Marfa eut cessé de veiller sur lui, Alexis aimait se glisser dans son antre qui sentait le champignon, la pomme sure, le clou de girofle et le pain moisi. Cette odeur, il la retrouva intacte en franchissant le seuil de la bicoque. Assise derrière sa table, Marfa pilait des herbes dans un mortier. Un sourire fit craquer ses rides. Elle se dressa pesamment — son corps adipeux, emmitouflé de chiffons, vacillait sur ses chevilles molles —, s'appuya contre la poitrine d'Alexis et lui baisa l'épaule gauche.

— Te voilà, mon coquelet ! dit-elle. Tu n'as pas oublié ta vieille *niania* ! Et moi qui ne peux rien t'offrir à boire !

— Je n'ai pas soif, dit-il. Je suis venu te voir en passant. Que fabriques-tu là ?

Elle se rassit, reprit son pilon en main et grommela :

— Une potion pour les maux d'estomac. C'est Douniacha qui me l'a demandée. Voilà ce que c'est que de servir à table. Elle mange trop en rapportant les plats à l'office. Tous les restes y passent. Vous avez eu une grande fête, hier. On a bu, on a chanté, on a dansé. C'est bien ! C'est très bien ! La barynia croit que ce sont les prières du père Kapiton qui l'ont guérie. Elle ne sait pas ce que j'ai fait pour elle, dans mon coin.

— Qu'as-tu fait ?

— La nuit, au clair de lune, j'ai dit les paroles qui soulagent et j'ai craché dans la direction de Constantinople.

— Pourquoi de Constantinople ? demanda-t-il en se retenant de sourire.

— Parce que c'est la patrie des infidèles. Tout le mal vient de là.

— Et tu connais la direction de Constantinople ?

Elle haussa les épaules sous son harnais de châles pisseux :

— Bien sûr ! C'est en bas. Dans le Sud. Là où tant des nôtres sont morts. J'ai dit, j'ai craché, et la maladie de la barynia s'est envolée. Et elle a eu une autre grande joie !

— Laquelle ?

— Léon et Agathe Pavlovna.

— Ah ! oui... Tu trouves vraiment que c'est une grande joie ?

Elle écrasa les herbes avec un regain d'énergie, les épaules rondes, le front barré d'un gros pli soucieux.

— Dieu bénit tous les mariages, dit-elle.

— Mais bien peu résistent à l'épreuve du temps, dit Alexis. Est-ce Agathe que tu aurais choisie pour Léon ?

Elle hésita une seconde et finit par lâcher dans un soupir :

— Non, mon coquelet.

— Je me demande quel diable a poussé ma mère...

— Ne blasphème pas. Elle a dû beaucoup réfléchir avant de prendre sa résolution.

— Sans tenir compte des sentiments de mon frère !

— Elle sait mieux que nous tous ce qui convient à chacun.

— Pourquoi ?

— Elle est la maîtresse. Est-ce que le berger demande l'avis des moutons quand il décide le lieu du pâturage ?

— Mouton ou pas mouton, je ne puis accepter l'atmosphère qui règne à Gorbatovo, grogna Alexis en tapant de son poing droit sa main gauche ouverte.

— On n'y est pas plus malheureux qu'ailleurs ! dit Marfa.

— Si. Ma mère a changé. Je la trouve de plus en plus autoritaire, intolérante...

— Que veux-tu, avec les années qui passent, le raifort devient plus âpre.

— Comment était-elle, du temps de mon père ?

— Déjà pas commode, mon coquelet ! Elle lui a fait la vie dure. Il fallait toujours qu'il passe par ses volontés. Une fois, je me rappelle, il l'a trompée avec une paysanne. Alors Marie Karpovna lui a pris toutes ses chaussures, toutes ses bottes, et les a jetées dans l'étang pour qu'il ne puisse plus courir. Il est sorti tout de même, les pieds nus, pour aller voir la fille. Tu sais qu'il était faible de la poitrine. C'était l'automne. Il a pris froid. On raconte que c'est de ça qu'il est mort !

— Quelle sordide histoire ! J'ai envie de partir !

— Si tu pars, tu le regretteras. Reste, Aliochenka [1]. Dieu t'aidera dès que tu cesseras de te révolter. Je le sens. Je prierai pour toi. D'abord le bon Dieu. Et puis les autres.

— Quels autres ?

— Les esprits de la maison. Je les connais par leur nom. Je parle leur langage. Ils m'écoutent. Mais seulement à l'heure où vous êtes tous endormis.

Elle avait baissé la voix. Un air de mystère imprégnait son bon visage aux bajoues pendantes. Alexis se sentit gagné par une inexplicable torpeur. Immobile devant Marfa qui l'observait de ses yeux étroits et aigus, il reculait dans le temps.

— Je vais te donner une petite croix en bois de cyprès, reprit Marfa. Elle m'a été remise par un moine vénérable de la laure de la Trinité-Saint-Serge. Il l'avait sur lui, il l'a enlevée et il me l'a tendue en me bénissant.

_____

1. Diminutif affectueux d'Alexis.

Elle se leva, ouvrit un sac de toile accroché à un clou, en tira une croix de bois au bout d'une cordelette et ordonna à Alexis de déboutonner le col de sa chemise. Bien qu'il trouvât cette cérémonie absurde, il n'eut pas le courage de s'y soustraire. Sans croire aux forces occultes, il craignait confusément de les mécontenter. Ce qu'il eût raillé à Saint-Pétersbourg lui paraissait nécessaire à Gorbatovo. Ouvrant sa chemise et inclinant la tête, il se laissa suspendre autour du cou la petite croix en bois de cyprès. A présent, cet humble ornement reposait, léger et gris, sur sa poitrine, à côté de sa croix de baptême en or. Marfa se signa. Il fit de même et reboutonna son col.

— Ne la quitte jamais, dit Marfa. Et tu seras comblé dans toutes tes entreprises.

Alexis sourit avec une pointe de condescendance, alors qu'il se sentait profondément troublé. Contre toute raison, il était heureux du cadeau qu'il avait reçu et reprenait même bizarrement confiance en l'avenir. Il y avait quelque chose de joyeux et d'insolite dans l'air qu'il respirait auprès de sa *niania*.

Quand il la quitta, les sortilèges s'évanouirent. A la pénombre de l'isba succéda le plein soleil du jardin. Dans la dure lumière du jour, Alexis retrouva son âge. Il n'avait plus rien de commun avec celui qui écoutait, mi-sceptique, mi-attendri, les vaticinations de la vieille femme.

Dans l'allée centrale, il rencontra Agathe qui coupait des roses et les couchait délicatement, côte à côte, au fond d'un panier.

— C'est pour la maison ? demanda-t-il.

— Oui, Alexis Ivanovitch. Toutes les fleurs du salon sont déjà fanées. Le temps est si lourd !

— Je me demande ce que ma mère ferait sans vous !

Elle minauda :

— Je ne lui rends guère que de menus services !

— Continuerez-vous après avoir épousé Léon ?

— Bien sûr ! murmura-t-elle en baissant les yeux.

Subitement il ne put supporter ce bavardage sucré et, changeant de ton, passa à l'offensive :

— Vous n'ignorez pas que, primitivement, dans l'idée de ma mère, c'était moi qui devais vous épouser !

Des îlots rouges marquèrent le visage d'Agathe. Son menton frémit nerveusement.

— Je... je ne l'ignore pas, en effet, dit-elle dans un souffle.

— Et tout à coup vous voici fiancée à mon frère. Cela ne vous gêne pas un peu ?

Elle respira profondément et releva les paupières sur un regard de chienne soumise :

— Oh ! non, Alexis Ivanovitch. Dans ma situation, on n'a pas le droit de choisir. Ce qui compte pour moi, c'est de me marier avec un fils de Marie

Karpovna. L'un ou l'autre, vous comprenez, c'est aussi bien...

« Elle est peut-être sincère ! » pensa-t-il avec horreur. Et il lui tourna le dos. Une tristesse écœurée l'accompagna jusqu'à la porte de sa maison. Toute la Russie lui semblait fautive. Rentré chez lui, il renonça à ôter la petite croix en bois de cyprès dont le contact sur sa peau lui rappelait le regard pénétrant de Marfa.

VI

Après avoir écouté, comme chaque matin, le rapport de son intendant, Fedor Mikhaïlov, un moujik sorti du rang, solide, barbu et rubicond, Marie Karpovna lui donna ses instructions pour la conduite des différents travaux dans le domaine. Assise dans son bureau, derrière une longue table encombrée de dossiers, elle n'hésitait pas une seconde avant de se prononcer. A chacune de ses décisions, Fedor Mikhaïlov inclinait sa haute taille et disait : « A vos ordres, barynia. » Sévère dans son administration, elle voulait que ses serfs fussent mieux logés, mieux habillés, mieux nourris que ceux des propriétés voisines. Pendant les années de disette, alors que le prix du seigle avait atteint dix roubles assignats le quart de seau, et que les hobereaux des environs refusaient du grain à leurs paysans, elle avait largement approvisionné les siens. Elle tirait vanité de leur bonne mine comme de la robe lustrée de ses chevaux et de la qualité des pastèques et des melons cultivés, selon ses instructions, sous des châssis vitrés. Mais, tout en se préoccupant du bonheur matériel de ses gens, elle ne tolérait aucun manquement à la discipline. L'année précédente, elle avait envoyé un moujik en Sibérie pour insubordination. Comme Fedor Mikhaïlov allait se retirer, elle le retint pour lui ordonner de faire fouetter les serfs Ossip et Tit qu'elle avait entendus se quereller, le matin même, sous ses fenêtres.

— Combien de coups? demanda-t-il simplement.

— Trente, dit-elle.

Il nota la sentence sur son carnet et sortit à reculons.

Après son départ, elle envoya son petit commissionnaire habillé en cosaque à la recherche d'Agathe. Depuis qu'elle l'avait choisie pour belle-fille, elle s'occupait chaque jour de sa toilette et de sa coiffure. Elle ne désespérait pas que Léon, malgré sa répugnance, finît par trouver quelque charme à sa fiancée. Sans doute avait-il déjà annoncé son prochain mariage à sa maîtresse. Etant fille serve, Xénia ne pouvait qu'accepter le verdict sans protester. On lui ferait un joli cadeau de rupture : quelques archines[1] de satin rouge, un collier en perles de verre... Quand

1. Mesure de longueur en usage en Russie, équivalant à 0,711 m.

elle considérait la façon dont elle réglait le destin des personnes dont elle avait la charge, Marie Karpovna s'estimait juste et bonne. Il lui semblait parfois être la seule tête raisonnable au milieu d'un univers d'écervelés. Sans elle, Gorbatovo serait une ruine et ses fils des dévoyés, chacun dans son genre. Elle soupira, accablée par le poids de ses responsabilités. Il était épuisant, pour une faible femme, de porter tant de monde sur ses épaules. Levant les yeux, elle demanda à l'icône de la Sainte Vierge, qui ornait un coin du bureau, de l'aider dans sa tâche ingrate de mère et de régente. On gratta à la porte : c'était le signal d'Agathe. Marie Karpovna lui cria d'entrer, l'inspecta de la tête aux pieds, approuva la robe d'indienne, à mille raies lilas, roses et blanches, tira sur les plis du corsage, fit bouffer d'un doigt léger la cravate en dentelle écrue qui ornait le col, rectifia quelques mèches folles de la coiffure. Debout devant elle, Agathe se laissait arranger comme une poupée aux membres inertes. Reculant d'un pas et clignant des yeux, Marie Karpovna déclara :

— Parfait ! Vous êtes belle comme un liseron. Nous allons rendre visite à Léon.

— Est-ce vraiment nécessaire ? bredouilla Agathe.

— Indispensable, dit Marie Karpovna. Il faut que vous connaissiez bien les lieux où vous serez appelée à vivre après votre mariage. Moi-même, je dois faire l'inventaire du mobilier pour décider des aménagements. Je ne suis pas allée là-bas depuis des mois, peut-être depuis un an. Je laissais Léon croupir dans son désordre. Tout cela va changer. Nous y veillerons, vous et moi !

Agathe hésitait :

— Peut-être faudrait-il le prévenir de notre visite...

— Depuis quand une mère doit-elle demander la permission de son fils pour franchir le seuil de sa maison ?

Et, prenant le bras d'Agathe, Marie Karpovna l'entraîna d'un pas ferme dans le jardin. En arrivant devant le pavillon de Léon, elle ramassa ses jupes et gravit les marches rouges avec légèreté. Personne ne vint à sa rencontre.

Quoique la matinée fût déjà avancée, toute la bâtisse paraissait dormir. Mais Marie Karpovna savait où trouver son fils. Traversant le vestibule sur la pointe des pieds, elle ouvrit brusquement la porte du bureau. Il était là, en effet, vêtu d'une robe de chambre à ramages, tout élimée, coiffé d'un fez, chaussé de pantoufles jaunes. Manifestement, il n'avait pas encore fait sa toilette. En face de lui, de l'autre côté d'un guéridon, était assise Xénia, en tenue du matin, les cheveux éparpillés sur les épaules. Tous deux, les cartes à la main, jouaient aux *douratchki*[1]. Cette vision d'une

1. Jeu de cartes enfantin, comparable à la bataille.

entente quasi conjugale suffoqua Marie Karpovna. Bien que connaissant de longue date les relations de son fils avec cette fille serve, c'était la première fois qu'elle les surprenait dans leur intimité. En l'apercevant, ils s'étaient levés d'un seul mouvement, comme pris en faute. Gênée d'être témoin de la scène, Agathe s'effaçait, dans sa robe à mille raies, derrière le dos de la barynia.

— J'arrive trop tôt, dit Marie Karpovna sur un ton de froide ironie. Je vous dérange !

— Pas du tout, balbutia Léon.

— Je désirais te parler des transformations que je compte apporter dans cette maison avant ton mariage. Tu en as fait un taudis ; je veux lui redonner une apparence propre et élégante, digne du couple que tu formeras bientôt avec ma chère Agathe.

A ces mots, Xénia, les yeux pleins de larmes, se glissa hors du bureau avec une agilité de souris.

— Nous ne changerons pas la destination des pièces, poursuivit Marie Karpovna, imperturbable. Mais nous entreprendrons un grand nettoyage, une remise à neuf. Tout est trop sombre, ici. Il faut égayer cet intérieur. Sur les boiseries du bureau, de la salle à manger et de la chambre à coucher, je ferai peindre des guirlandes de fleurs par Kouzma. Il s'en tirera au mieux. Ainsi, le jardin se prolongera dans la maison. Même en hiver, vous aurez l'impression de goûter les joies de l'été. Qu'en penses-tu ?

— C'est très bien, maman, dit Léon.

— Les travaux pourront commencer dès demain. J'en parlerai à Kouzma, tout à l'heure. Mais il ne suffit pas, à la veille du mariage, de faire le ménage dans sa maison. Il faut aussi faire le ménage dans sa vie. Tu vas renvoyer Xénia dans son village.

Il blêmit :

— Je n'ai rien à lui reprocher. Elle fait bien son travail...

— Un travail qui l'occupe surtout au lit.

— Mais, maman...

— Est-elle ta maîtresse, oui ou non ?

— Oui.

— Alors, sa place n'est plus ici.

Agathe reculait, se ratatinait, se plaquait contre le mur, honteuse de sa présence, de son existence. Sans se soucier d'elle, Marie Karpovna taillait dans le vif :

— Je te donne cinq jours pour expédier Xénia à Stepanovo.

— Puis-je me retirer, barynia ? murmura Agathe.

— Non, restez. Je répète : cinq jours ! Sinon, je la fais tondre et la fais emmener là-bas de force !

Elle accompagna ces paroles d'un regard comminatoire. Le goût de dominer quiconque s'opposait à sa volonté était pour elle une nécessité physique. Elle en tirait le même plaisir qu'à plier une baguette de coudrier. L'idée ne lui venait pas qu'elle pût se tromper. Elle ne se mettait jamais à la place des autres. Ainsi allait-elle dans la vie avec la sérénité que donne à un caractère fort le refus d'imaginer les hésitations, les excuses, les souffrances de son entourage. Devant elle, Léon se liquéfiait. Ahuri, bégayant, il essaya encore de plaider la cause de Xénia :

— Elle sera si malheureuse !... Elle n'a pas mérité cela !... Laissez-la ici, et je ne m'occuperai plus d'elle, je vous le promets !...

— Je sais ce que valent tes promesses. Même décrotté, un pourceau retourne à sa fange !

— Voulez-vous que je jure devant l'icône ?...

— Ne mêle pas l'icône à tes turpitudes.

Alors, poussé à bout, Léon lâcha le morceau :

— Elle est enceinte !

Un petit cri étouffé retentit au fond de la pièce : Agathe se mordait le poing. Son menton s'enfonçait dans sa cravate de dentelle.

— De combien de mois ? demanda Marie Karpovna, impassible.

— De trois mois, je crois.

— Eh bien, elle accouchera au village !

— Mais, dit-il dans un souffle, cet enfant, il est de moi !

— D'abord, tu n'en sais rien. Ensuite, qu'est-ce que cela change ? Il poussera aussi bien là-bas qu'ici. Et nous nous arrangerons pour marier ta Xénia avec un brave garçon de Stepanovo ou de Krasnoïé. Elle est jolie. Elle ne manquera pas de

72

prétendants. Même avec un bâtard sur les bras. Peut-être, du reste, lui ferai-je une petite dot. Chez moi, mon cher, personne n'est malheureux ! Il suffit d'obéir et on est récompensé au-delà de ses mérites ! Interroge les paysans des autres propriétés. Tous rêveraient de m'appartenir.

Marie Karpovna paraissait encore plus grande que d'habitude, tant elle exprimait, par le regard et le port de tête, la satisfaction de son état. Une fois de plus, Léon se courba dans la haine. Sa robe de chambre bâillait sur un torse nu, marqué d'une touffe de poils blonds. Son fez rouge à gland noir était incliné sur son oreille. Il avait l'air d'un fêtard malchanceux.

— C'est entendu, marmonna-t-il. Je dirai à Xénia de partir.

L'affaire étant ainsi réglée, Marie Karpovna exigea qu'on lui amenât immédiatement Kouzma, afin de lui donner ses ordres pour la décoration. Ce fut Agathe qui partit à la recherche du peintre serf, trop heureuse de la diversion qui lui était ainsi proposée. Restée seule avec son fils, Marie Karpovna dit avec une soudaine douceur :

— Tu comprends, mon cher, les premiers temps après le mariage, un époux doit se montrer prévenant et fidèle. Plus tard, s'il se dissipe, il lui est beaucoup pardonné.

Il la remercia pour ces bonnes paroles. Quand Kouzma se présenta, le bonnet à la main, Marie

Karpovna lui expliqua ce qu'elle attendait de lui. Il opina de la tête :

— Bien, barynia, mais ne croyez-vous pas qu'il vaudrait mieux que je fasse un grand portrait de Léon Ivanovitch et d'Agathe Pavlovna pour orner le bureau ?

— Non, trancha-t-elle. Le portrait, cela porte malheur. Regarde ce qui est arrivé à mon pauvre mari. Un an après qu'Arbouzov l'eut peint avec son chien, il est mort. Et le chien ne lui a guère survécu. Pas de portraits, je te dis. Des fleurs ! Des fleurs ! Viens ! Je vais te montrer les emplacements que j'ai choisis.

Elle fut interrompue par une bordée de cris qui venaient du fond du jardin.

— Qu'est-ce que c'est ? demanda Léon.

— Ah ! oui, dit-elle. Ce doit être Ossip et Tit. J'ai ordonné de les faire fouetter.

En entendant les hurlements lancés selon le rythme des coups, Alexis referma son livre, descendit les marches de la véranda et se dirigea vers l'écurie, lieu habituel de ce genre de punition. Quand il arriva, sans se presser, sur les lieux, il vit Ossip et Tit qui en sortaient, le dos rond. Ils avaient jeté leur chemise sur leurs épaules, sans enfiler les manches. Tous deux avaient un air à la fois rigolard et faraud.

— C'est vous qu'on vient de fouetter ? demanda Alexis.

— Oui, répondit Ossip avec un sourire de fierté. Nous-mêmes, Alexis Ivanovitch.

A ces mots, Alexis eut une légère crispation du visage. Remarquant sa contrariété, Ossip dit rapidement :

— Oh ! ça n'a pas été bien terrible ! Ça brûle un peu, mais ça fait circuler le sang.

— Alors, pourquoi criiez-vous si fort ?

— C'est nécessaire, affirma Tit. Si on crie, tout le monde est content : celui qui est frappé parce que ça le soulage, celui qui frappe parce qu'il se dit qu'il fait bien son travail, et la barynia parce que comme ça elle sait, même de loin, qu'on exécute ses ordres.

— Qu'avez-vous fait pour qu'on vous punisse ?

— On s'est disputés sous les fenêtres de la barynia, dit Ossip. Elle n'aime pas qu'on la dérange. C'est normal. A Gorbatovo, on ne châtie pas sans raison, vous savez. Nous avons eu ce que nous méritions ! C'est avec notre peau que nous autres, moujiks, payons les péchés de l'âme.

« Eternelle Russie, pensa Alexis. Les siècles passent, et elle est toujours là, à la fois gigantesque et naïve, courbée sous le fouet, acceptant tout, avalant tout, soumise au pouvoir de quelques-uns comme à une volonté divine. Et je profite de ce système injuste. Et, tout en le critiquant, je souhaite qu'il dure aussi longtemps que moi. »

Tournant le dos à Ossip et à Tit, il revint à son pavillon, se rassit dans la véranda et reprit son livre. C'était la première partie du roman *Roslavlev*, de Zagoskine. L'action se déroulait en 1812. Le style rappelait Walter Scott. Une mauvaise imitation, jugea-t-il. A plusieurs reprises, il avait été tenté d'écrire lui-même. Mais, dès qu'il se trouvait devant une page blanche, la paresse engourdissait son cerveau et sa main. Il préférait la rêverie confuse au travail précis. Bientôt, levant les yeux du texte imprimé, il oublia l'histoire pour suivre du regard le vol de deux papillons jaunes au-dessus d'un buisson de lilas. Soudain, il aperçut Kouzma qui, sortant du pavillon de Léon, s'avançait dans sa direction, d'une démarche lente. Il le héla. Kouzma gravit l'escalier, la tête en avant, les épaules fléchies, comme un homme recru de fatigue ou de chagrin. Interrogé par Alexis sur les raisons de son abattement, il lui raconta, tout d'une traite, sa dernière entrevue avec Marie Karpovna :

— Elle veut des fleurs sur les corniches, sur les portes... Je dois commencer demain... Je n'aurai jamais le courage de décorer comme ça toute la maison de votre frère... Je m'enfuirai... J'irai me cacher dans les bois...

— Ce serait de la folie ! dit Alexis. On te

rattraperait vite. Et tu te retrouverais en Sibérie ou à l'armée pour vingt-cinq ans.

— Que faire, alors ?

— Obéir. Obéir en trichant. Après-demain, je compte me rendre à Toula. Je tâcherai d'y acheter deux ou trois toiles vierges. Je te les rapporterai en cachette et tu peindras dessus ce que tu voudras. As-tu une idée de tableau ?

Les yeux de Kouzma s'allumèrent d'un bonheur enfantin.

— Oh ! oui ! s'écria-t-il. Vous savez, j'habite une cahute, là-bas, derrière les étuves. J'aimerais peindre ce que je vois de ma fenêtre. Un coin de jardin. La pelouse en pente, trois bouleaux et, au fond, les sapins noirs, avec le ciel par-dessus. Un paysage tout simple. Presque banal. Mais il y a là-dedans un calme, une résignation, une tristesse... C'est toute la Russie !... Et puis, je n'aurai pas besoin de sortir de chez moi pour travailler. Personne n'en saurait rien...

— Tu as beaucoup de chance, Kouzma, d'avoir du talent, dit Alexis. Dieu t'a favorisé.

— C'est ce que me répétait ce pauvre Simon Pétrovitch Arbouzov. Pourtant, aujourd'hui, je serais plus heureux si je ne savais pas tenir un pinceau ! Avoir tant de projets en tête et être obligé, par la force, d'y renoncer ! C'est un supplice dont vous ne pouvez vous faire une idée. Mais je ne veux plus me plaindre. Je peindrai cette pelouse russe avec toute mon âme. Vous

connaissez les vers de Pouchkine...? C'est Simon
Pétrovitch Arbouzov qui me les a appris :

> *J'aime la pente sablonneuse,*
> *Les deux sorbiers devant l'isba,*
> *Quelques nuages gris au ciel...* [1]

Mon tableau, ce sera cela ! Vous verrez, vous
verrez... Oh ! merci, Alexis Ivanovitch.

Et, saisissant la main d'Alexis, Kouzma la baisa
avec ferveur.

Gêné par ce débordement de gratitude, Alexis
retira sa main et demanda :

— Quels sont tes peintres préférés ?

Kouzma s'emballa :

— Il y en a tellement ! Simon Pétrovitch
Arbouzov m'a montré des reproductions des plus
beaux tableaux du monde. J'aime Rembrandt,
j'aime Léonard de Vinci, j'aime le Tintoret ! Quels
génies, mon Dieu, quels génies ! Simon Pétrovitch
avait aussi chez lui un portrait de je ne sais qui
par Brulov. Une merveille ! Et ses propres
œuvres, des paysages, des natures mortes !... Rien
qu'à regarder ces toiles, on avait envie de pleurer
de bonheur. N'avez-vous pas l'impression que
l'homme devient meilleur quand il admire quelque chose de grand ? Oui, oui, c'est cela : le talent

1. Vers écrits par Pouchkine à Boldino.

des autres vous élève au-dessus de vous. Pendant quelques minutes, vous planez, soutenu par les ailes de Rembrandt, du Tintoret... Puis vous redescendez sur terre. Mais il vous reste au cœur le souvenir d'être monté très haut, en pleine lumière. Et cela vous aide à traverser le gris de la vie...

L'enthousiasme de Kouzma était, pour Alexis, comme une invitation à croire, lui aussi, à la félicité dans le dépassement. Il eut, pendant une seconde, l'impression d'avoir découvert un ami à Gorbatovo. Pourtant la conscience d'avoir affaire à un moujik, à un serf le bridait. Ses compagnons habituels, à Saint-Pétersbourg, n'étaient peut-être pas plus intelligents ni plus chaleureux que Kouzma, mais ils avaient plus de vernis. Il observait Kouzma, son bon visage rond, aux narines larges, et lui trouvait l'air rustique, franc et limité. Quelque chose d'indéfinissable le séparait de cet homme pour qui il avait de l'estime et de la sympathie. La différence de leurs conditions sociales ne suffisait pas à expliquer cette distance. C'était presque une question d'épiderme. Il appela Youri et lui demanda d'apporter une cruche de kwas frais et des verres. Puis il fit asseoir Kouzma et s'émerveilla de boire avec lui, face à face, comme s'ils eussent été de même extraction. Soudain, Kouzma demanda :

— Est-il vrai que le tsar voudrait nous libérer tous ?

— On en parle, dit Alexis, on en parle... Mais on en parlait déjà sous le règne précédent. Ne te fais donc pas d'illusions. De toute façon, ce n'est pas pour demain !

VII

Le placard était fermé à clef, et la clef avait disparu. Or, Alexis croyait se rappeler qu'il avait rangé là tous les livres, tous les cahiers de son enfance, lorsqu'il avait emménagé, à l'âge de dix-sept ans, dans le pavillon. Aujourd'hui, cherchant un passe-temps pour combattre son oisiveté, il éprouvait une envie incoercible de fouiller dans cette resserre. Après avoir visité tous les tiroirs, tous les vide-poches de la maison, il finit par dénicher, dans une sébile, une petite clef rouillée qui s'adaptait parfaitement à la serrure du placard. Ravi de sa chance, il ouvrit la porte et se trouva devant des rangées de bouquins poussiéreux. Une odeur de papier moisi emplit délicieusement ses narines. Planté devant la bibliothèque, il compulsa, un à un, ces ouvrages cent fois lus. Chacun lui rappelait un émerveillement d'autrefois. Il lui suffisait de prendre un volume en main pour que tout le contenu bondît joyeusement dans sa tête. Certains avaient appartenu à sa mère, à son grand-père maternel. Sur la page de garde d'un ouvrage liturgique, il lut l'inscription suivante : « Ces *Ménées*[1] sont la propriété de Karp Lavrovitch Sousslov, avril 1794. » Trois générations avaient penché leur front sur ces feuillets jaunis. Lui-même y avait appris la biographie des saints du calendrier orthodoxe. Il recensa également une grammaire russe, un atlas de géographie, des contes pour enfants aux illustrations naïves. Mais la trouvaille qui émut le plus Alexis fut une plaquette reliée, contenant quelques poèmes de Pouchkine. Il l'ouvrit et tomba sur les premiers vers du *Cavalier de bronze*. Jadis, il les connaissait par cœur. Les années passant, il n'en gardait plus qu'un souvenir confus et comme musical. Il emporta le petit livre précieux, s'assit dans un fauteuil et se replongea dans l'aventure du misérable Eugène qui assiste à la crue de la Néva, en 1824. Ayant perdu sa fiancée dans l'inondation, l'humble héros du poème maudit la statue de Pierre le Grand, qui, par défi aux éléments, a bâti sa capitale au bord de l'estuaire. Et, dans sa folie, il croit voir le cavalier de bronze s'animant et le poursuivant d'un galop lourd à travers la ville. A lire cette évocation fulgurante, où la démence de l'esprit répond à la démence des flots, Alexis

1. Ouvrage liturgique de l'Eglise orthodoxe, contenant la biographie des saints.

retrouvait en lui un frémissement juvénile. Le passé déferlait dans sa tête avec la violence des vagues du fleuve. Il se rappelait tout : ses précepteurs, l'Alsacien Hirtz et le Russe Poustoyarov, les leçons récitées debout, les bras croisés, sa vieille *niania* Marfa qui lui racontait en chuchotant les derniers exploits du *domovoï*, lutin velu du foyer qui gîte près du poêle, ou de la *roussalka*, ondine perverse qui hante les abords de l'étang, ses peurs d'enfant, la nuit, au creux du lit étroit, le regard fixé sur la veilleuse de l'icône, ses rêveries d'adolescent dans le jardin, au clair de lune, quand une ineffable tendresse vous dilate la poitrine. Un trop-plein de souvenirs l'oppressait, tandis que la voix de Pouchkine parlait encore à son oreille. Une voix inégalable dans sa simplicité et sa force. Il eut envie de faire partager son admiration à quelqu'un. Mais qui, à Gorbatovo, pouvait le comprendre ? Pas sa mère, distante et dure. Ni ce lourdaud de Léon. Il pensa à Kouzma. Lui seul, ici, était digne de recevoir Pouchkine dans son cœur. Alexis partit à la recherche du peintre serf. Il le trouva, le pinceau à la main, devant un buisson de lilas, près de l'étang.

— Toi qui aimes Pouchkine, as-tu lu *Le Cavalier de bronze* ? lui dit-il tout à trac.

— Non, Alexis Ivanovitch.

— Eh bien ! tu vas le lire. Je t'ai apporté le livre. J'avais oublié à quel point c'était sublime. J'envie la joie que tu auras à le découvrir !

Kouzma s'essuya les mains à un torchon, prit le volume avec déférence et le glissa entre sa chemise et sa peau.

— Ce soir, dit-il, je m'y mettrai. Vous savez, j'ai du mal à lire. Je déchiffre lentement. Mais, ainsi, on comprend mieux ; on apprécie davantage ; chaque mot entre dans la tête et y reste pour toujours. C'est un honneur que vous me faites, Alexis Ivanovitch, en me confiant ce livre que vous avez aimé. Un grand honneur. Je vous remercie du fond de l'âme.

Après un regard alentour, il ajouta :

— Etes-vous allé à Toula pour mes toiles ?

Au vrai, Alexis avait oublié sa promesse. Il s'accusa intérieurement de légèreté, hésita, répondit :

— Pas encore... Mais j'y songe... Un de ces jours... Bientôt...

Et, tout à coup, il eut hâte de briser l'entretien.

Le lendemain, comme il prenait son petit déjeuner sur la véranda, Kouzma vint le trouver, le livre à la main. Sur ce visage ouvert et rude, Alexis décela, du premier coup d'œil, le trouble de la pensée. Kouzma avait un regard à la fois inspiré et effrayé. Il posa le livre sur la table et murmura :

— C'est extraordinaire ! Je n'ai pas dormi de la

nuit! Les mots les plus simples ont, chez Pouchkine, un son neuf. Quand il parle du cavalier de bronze, on entend son galop sur les pavés. Et l'histoire elle-même est si belle! Ce pauvre Eugène, ce fonctionnaire de rien, qui a tout perdu et qui ose reprocher au tsar d'être responsable de son malheur!...

— Oui, dit Alexis. *Le Cavalier de bronze*, c'est la révolte impuissante de l'infiniment petit contre l'infiniment grand. Sais-tu que l'empereur Nicolas Ier, ayant lu le manuscrit du poème, en a immédiatement deviné le sens subversif? Il a exigé tant de corrections que Pouchkine, écœuré, a enfoui son œuvre dans un tiroir. Elle n'a été publiée qu'après sa mort.

— Chacun de nous a un cavalier de bronze dans sa vie, soupira Kouzma.

Cette réflexion étonna Alexis. Il n'avait pas songé à faire le rapprochement. A présent, il était désagréablement ouvert à l'évidence. Oui, oui, sa mère était cette statue d'airain que tout homme faible sent dressée derrière son dos. Quand il se trouvait à Saint-Pétersbourg, il pensait peu à elle, il lui écrivait même rarement. Mais, à Gorbatovo, il n'avait qu'elle en tête. Elle l'obsédait, elle le guidait, comme s'il fût retombé en enfance. Il était temps de fuir la campagne. Rompre avec la maison, la famille, le passé. Le bonheur était à ce prix. Et Kouzma là-dedans? « Que deviendra-t-il après mon départ? » se demanda Alexis. Et, aussitôt, il chassa cette préoccupation de son esprit. De toute façon, il devait rester jusqu'au mariage de son frère. Il se versa un autre verre de thé. La journée s'annonçait belle. Pourquoi ne pas en profiter pour se rendre à Toula ? Il y achèterait quelques toiles neuves à l'intention de Kouzma, comme il le lui avait promis.

— Tout à l'heure, j'irai en ville, annonça-t-il en buvant son thé. Tu vois, je ne t'ai pas oublié.

Kouzma le remercia avec effusion, réfléchit un moment et demanda :

— Vous me prêterez d'autres livres ?

— Bien sûr, dit Alexis. En attendant, remporte celui-ci. Je te le donne.

Ce disant, il éprouva l'étrange satisfaction que confère la bienveillance quand elle s'accompagne d'un sentiment de supériorité.

VIII

Arrivée au galop dans la clairière, Marie Karpovna arrêta son cheval et mit pied à terre avec aisance. Elle portait une amazone gris tourterelle à longue traîne et un petit chapeau rond, égayé d'une plume de coq. La sveltesse de sa taille, serrée par le corsage, était accentuée par la masse ample et plissée de la jupe. Alexis et Smetanov, qui la suivaient à courte distance, descendirent de cheval, eux aussi. Elle avait décidé qu'on prendrait le thé sur l'herbe. Léon avait voulu se joindre à eux. Mais sa mère s'y était opposée. Elle avait exigé qu'il restât à Gorbatovo, sans doute pour tenir compagnie à Agathe. Elle espérait toujours qu'en favorisant leurs tête-à-tête elle finirait par provoquer entre eux l'étincelle de la passion. C'était Smetanov qui avait eu l'idée de cette promenade. Il venait de plus en plus souvent à la maison. Alexis s'étonnait que sa mère parût sensible aux visites de cet homme rose, pesant et bavard. Tout en lui sonnait le creux. Il n'était que façade. Avait-elle tant besoin d'être adulée qu'elle trouvât du plaisir aux compliments d'un fat provincial ?

La clairière était bordée de bouleaux aux troncs robustes, d'un blanc argenté, cerclés de noir. Alexis s'allongea sur le dos, les mains sous la nuque, dans l'ombre pâle et vivante des arbres. Au-dessus de lui, bougeait, dans une superposition aérienne, un univers branchu et feuillu, aux transparences vertes, allant de l'émeraude au mordoré. Par les trous de ce manteau palpitant, rayonnait le ciel. Le sous-bois soufflait une haleine fraîche et amère de fougères piétinées, de mousse humide, d'écorce pourrissante. A tout autre moment, Alexis se fût réjoui de ce repos sur l'herbe après une chevauchée. Mais la présence de Smetanov lui gâchait son plaisir. Il n'était plus chez lui dans la forêt. Smetanov avait épousseté le tronc d'un tremble abattu pour que Marie Karpovna pût s'asseoir dessus sans souiller son amazone. Lui-même s'était étendu à ses pieds, le buste soulevé sur un coude, dans une pose élégante et contemplative.

Une calèche, conduite par Louka, apparut en cahotant dans le sentier qui menait à la clairière. Le cocher et le *kazatchok* déchargèrent le samovar, la mallette de pique-nique et le panier à provisions. En un clin d'œil, la nappe fut étalée sur l'herbe devant Marie Karpovna et le samovar allumé. Penché au-dessus de la grosse bouilloire de cuivre, le gamin soufflait dans le tuyau vertical pour activer la combustion des braises. Lorsque le thé fut servi, Alexis se rapprocha de sa mère et de Smetanov. Assis en tailleur devant le couple, il buvait l'infusion brûlante à petites gorgées et, de temps à autre, mordait dans un craquelin.

— Quelle merveilleuse journée ! soupira Smetanov. Quand mon cœur est tourmenté, il me suffit de venir ici, au milieu des bouleaux, pour que tout s'apaise. Je n'ai pas beaucoup voyagé, mais je suis sûr que la Russie est le plus beau pays du monde.

Comme à l'accoutumée, il était d'humeur poétique et patriotique à la fois.

— Oui, dit Marie Karpovna, nous vivons dans un paradis. Cependant j'ai peur que le tsar, par une générosité aveugle, ne gâche tout cela. Libérer les serfs, ce serait une telle folie !

— Une folie que le gouvernement ne commettra pas, soyez-en sûre, dit Smetanov. Peut-être, à la rigueur, émancipera-t-on les domestiques. Mais les serfs qui sont attachés à la glèbe, on ne saurait les affranchir sans leur donner un lopin de terre pour subsister. Et ce lopin de terre, à qui le prendrait-on ? Aux propriétaires fonciers ? Ce serait précipiter leur ruine, anéantir toute une classe qui, depuis des siècles, est le plus solide soutien du trône. L'empereur ne peut souhaiter la mort de la vraie Russie...

Dans son animation, Smetanov élevait la voix.

Marie Karpovna jeta un regard du côté de Louka et du *kazatchok* qui, à quatre pas de là, se restauraient, eux aussi, avec du pain et du kwas, à l'ombre de la voiture.

— Parlez plus bas, dit-elle. Ils pourraient nous entendre.

Et, aussitôt après, elle s'emporta contre elle-même :

— Voilà que je vous prie de surveiller vos propos devant mes domestiques ! C'est un comble ! Voyez jusqu'où nous sommes descendus par la faute de la politique !

— Ne vous inquiétez pas, dit Smetanov. De toute façon, ils ne comprennent rien.

Alexis intervint :

— Si, pour promouvoir sa réforme, le gouvernement doit enlever quelques terres aux propriétaires fonciers, il les indemnisera d'une manière ou d'une autre.

— Aucune indemnité ne pourrait compenser l'amputation du patrimoine ancestral, déclara Smetanov avec emphase.

— Ce qui est à nous est à nous et doit le rester, renchérit Marie Karpovna.

Et elle resservit du thé à Smetanov qui tendait son verre. Il la remercia, avala une gorgée et s'épongea le front avec un mouchoir. Le thé le faisait transpirer. Alexis surprit un regard attendri de sa mère vers le visage replet, aux lèvres menues. Le charme d'Alexandre Ier agissait sur elle comme jadis sur toutes les dames de sa cour.

— Rassurez-vous, ma chère, reprit Smetanov sur un ton grasseyant. Il y aura toujours sur terre des hommes pour commander et d'autres pour obéir. Si le gouvernement fait des réformes, seuls les mots changeront. Les serfs ne s'appelleront plus serfs. On leur trouvera un autre nom. Mais les rapports humains, entre eux et nous, resteront les mêmes. L'inégalité est dans la nature. Elle est voulue par Dieu. Heureusement pour les gens de notre bord. Vous verrez, estimée Marie Karpovna, quoi que décide le tsar et quoi qu'il arrive, nous avons encore, vous et moi, de beaux jours devant nous !

En écoutant parler Smetanov, Alexis se disait que, ces propos désabusés et égoïstes, il aurait pu les tenir lui-même. Mais de l'entendre discourir à sa place et dans son sens le révoltait. Il avait envie soudain de le contredire, de lui river son clou. Peut-être parce que cet homme plaisait trop à sa mère. Il ne pouvait supporter qu'elle donnât dans le panneau avec une sottise de pucelle éblouie. Comment ne voyait-elle pas que Smetanov avait la cuisse grasse, le cou engoncé, la lèvre trop petite et trop vermeille, qu'il suait la prétention et la bêtise redondante ? Face à ce défenseur de la tradition russe, Alexis se sentait furieusement révolutionnaire.

— Et moi, dit-il, j'estime que ce régime ne peut

pas durer. Nous sommes le seul pays d'Europe à n'avoir pas aboli l'esclavage.

— Le servage n'est pas l'esclavage! s'écria Smetanov.

— Où est la différence? rugit Alexis.

— Nous n'asservissons pas des étrangers. Nous sommes les compatriotes de nos serfs.

— La situation n'en est que plus intolérable!

— Laissez donc la Russie suivre sa voie, répliqua Smetanov. Ce qui est bon pour l'Occident n'est pas bon pour elle. Si vous alliez en France, ou en Angleterre, vous déchanteriez vite. Là-bas, d'après ce qu'on dit, tout n'est que désordre, rivalité et haine. Chez nous, en revanche, règne l'harmonie. Grâce au servage, précisément. Chacun est à sa place. Le propriétaire foncier dirige et protège le serf qui, en échange, travaille pour son maître quelques jours par semaine. Tout cela dans une atmosphère saine, équitable et patriarcale...

Marie Karpovna buvait ces paroles comme du petit lait, l'œil mi-clos, un sourire de velours aux lèvres.

— Je ne puis entendre cela! dit Alexis dans un éclat de rage.

— Eh bien alors, va-t'en! prononça-t-elle avec douceur en inclinant la tête sous son chapeau rond à plume de coq.

Il se leva et prit congé d'un ton sec. En passant devant Louka, il lui sembla que le cocher le considérait avec une frayeur admirative. Le bonhomme avait-il saisi quelques bribes de la conversation ? Toute la domesticité serve devait discuter, en chuchotant, d'une libération possible. Il y avait ceux qui l'espéraient et ceux qui la craignaient : « Que ferons-nous sans nos bons maîtres ? » Oppressé comme à l'approche d'un orage, Alexis se dirigea vers son cheval. Le *kazatchok* accourut pour l'aider à se mettre en selle. Alexis n'était pas très habile cavalier. Il jeta un dernier regard du côté de sa mère et de Smetanov qui s'étaient remis à deviser gaiement, penchés l'un vers l'autre devant le samovar. Sans doute étaient-ils ravis de le voir partir.

Alexis s'éloigna au trot dans l'étroit chemin dont les branches, par instants, lui fouettaient l'épaule. Il emportait, au creux de la poitrine, une sensation de ratage imbécile. Incontestablement, cette amazone grise à galons noirs, très serrée à la taille, rajeunissait sa mère. Le mouvement de la course avait animé son teint, avivé ses yeux. Malgré son âge, on lisait sur ses traits la soif de vivre. C'était cela, au fond, qu'Alexis ne pouvait lui pardonner. De quoi parlaient-ils maintenant derrière son dos ? Se moquaient-ils de sa colère ? Ou, plus vraisemblablement, l'avaient-ils oublié pour ne plus s'occuper que de leur micmac sentimental ? Il regretta de les avoir quittés. En sa présence, ils se tenaient encore ! Parvenu à ce point de jalousie, il se ressaisit et poussa son cheval au galop. Qu'avait-il à s'inquiéter de ce couple absurde ? Sa vie était ailleurs. Non à Gorbatovo, mais à Saint-Pétersbourg. Non auprès de sa mère, mais auprès de ses amis et de Varenka. Il constata avec surprise qu'il ne pensait plus guère à la jeune femme depuis qu'il l'avait laissée. Même leurs rapports amoureux ne lui manquaient pas. Emporté par l'allure souple de son cheval, il cessa brusquement de réfléchir à lui-même pour s'emplir de verdure et de vent. Il notait au vol une souche noircie, un semis de boutons d'or, la trouée d'un sentier sur la droite, avec des traces de roues dans l'herbe, un buisson aux feuilles acérées d'où s'élevait une colonie de passereaux. En débouchant dans la plaine, il fut englouti par le blond des blés et le bleu du ciel. Il mit son cheval au pas pour mieux profiter du paysage.

IX

Réveillé plus tôt que de coutume, Alexis enfila sa robe de chambre et sortit sur la véranda pour humer la fraîcheur du petit matin. Une légère brume engourdissait le feuillage des arbres. L'air était immobile et comme figé dans l'attente de la grosse chaleur. De l'autre côté de la pelouse, devant le pavillon de Léon, régnait une animation insolite. Une télègue était arrêtée là, à deux pas du perron. La valetaille s'agitait autour de la voiture. On y chargeait des caisses, des balluchons. Piqué par la curiosité, Alexis se dirigea vers le rassemblement. Au centre, se tenaient Léon qui donnait des ordres et Xénia qui pleurait.

— Que se passe-t-il ? interrogea Alexis en serrant la main de son frère.

— Elle est renvoyée dans son village, dit Léon.

— Parce que tu te maries ?

— Oui.

A ces mots, Xénia poussa un sanglot houleux et

s'abattit sur l'épaule de Marfa, qui vacilla sous le choc.

— C'est toi qui as décidé de l'éloigner ? demanda Alexis.

— Non : maman.

— Et tu obéis ?

— Je suis bien forcé.

— Tu es vraiment le fils idéal ! dit Alexis d'un ton mi-compatissant mi-persifleur.

Léon tira une montre de son gousset et balbutia :

— Il faut nous dépêcher ! Maman a dit que tout devrait être fini quand elle se lèverait.

Et, prenant Xénia par le coude, il l'obligea à monter dans la télègue. Elle continuait à hoqueter, les poings serrés devant sa bouche. A travers ses larmes, passaient des phrases décousues :

— Mon petit soleil !... Que vais-je devenir loin de vous ?... Je me dessécherai comme une fleur sans eau !... N'oubliez pas votre pauvre Xénia !... Que la Sainte Vierge vous protège !...

Léon lui saisit les deux mains, l'attira vers lui et, se haussant sur la pointe des pieds, échangea avec elle un tendre baiser d'adieu par-dessus la ridelle.

— Va ! cria-t-il au cocher.

Le cheval s'ébranla lentement. La maîtresse répudiée agita son mouchoir. Bientôt un bouquet d'arbres la déroba aux regards. Mais longtemps encore on entendit le grincement des roues qui s'éloignaient. Les domestiques se dispersèrent. Léon, la bouche molle, les yeux humides, resta un moment silencieux, puis, ayant reniflé un bon coup, il dit à son frère :

— As-tu pris ton petit déjeuner ?

— Non.

— Moi non plus. Si tu veux, nous allons le prendre ensemble.

Ils rentrèrent dans le pavillon. La table était mise. Le samovar fumait. Il y avait toutes sortes de confitures dans de petits pots. Et une jatte en terre vernissée pleine de miel. Léon se servit largement. Le chagrin lui avait ouvert l'appétit. Il lampait son thé avec bruit et mordait à franches mâchoires dans sa tartine. Une servante âgée et incolore tournait autour d'eux. On entendait tinter son collier en perles de verre. Léon la renvoya.

— Et voilà, dit-il en beurrant copieusement une tranche de pain, tout est réglé à présent. Place nette. Maman sera contente.

— Et toi ? demanda Alexis.

— Moi aussi.

— Tu ne regretteras pas Xénia ?

— Si, bien sûr. Mais j'aurai Agathe.

— Tu ne vas pas comparer !

— Elle est gentille, Agathe. Elle sera aux petits soins pour moi. Elle fera mes trente-six volontés...

— Et cela te suffira ?

— Il faudra bien ! soupira Léon, la bouche pleine.

Un peu de miel coula de sa lèvre. Il le rattrapa avec un bout de pain. Son visage luisait de sueur dans la pénombre. Des mouches bourdonnaient autour des pots de confitures. L'une d'elles s'enlisa.

— Tu aurais pu refuser, dit Alexis.

— Quoi ? De me marier ? De renvoyer Xénia ?... Pour que maman éclate de colère et retombe malade ?... Non, mon cher, il faut me comprendre... Je n'aime pas tenir tête, je ne sais pas me battre... J'accepte tout pour avoir la paix...

— C'est de la lâcheté !

— Ou de la sagesse.

— Tu gâches ta vie.

— Ne crois pas ça. J'agis selon mon caractère. Toi, tu es un homme de la ville, tu t'agites, tu protestes, tu décides, tu es toujours pressé. Moi, je suis quelqu'un de la campagne. Mon bonheur, c'est le calme. Je dirai même le sommeil. Je dors debout. Les yeux ouverts. Ne rien faire, ne songer à rien, attendre que les heures passent, il n'y a pas de meilleure philosophie. Ne te préoccupe donc pas de mon sort. Je sais que tu me critiques sur tout. Je pense même que tu me détestes. Ça m'est égal !

— Je ne te déteste pas, dit Alexis. Je te plains. J'essaie de te tirer de l'ornière.

— J'y suis bien, dans cette ornière !

Alexis devina que, d'une minute à l'autre,

l'animosité de son frère s'envenimait, sans qu'il cessât de manger ni de sourire.

— Avoue, Léon, que ma présence t'est insupportable, dit-il. Tu étais plus heureux quand je n'étais pas là !

Léon réfléchit, clappa de la langue et répondit :

— D'une certaine façon, oui. Je te sens constamment sur mon dos, à m'épier, à me condamner. Quoi que je fasse, tu es pour moi un reproche vivant. C'est fatigant à la longue !

— Veux-tu que je parte ?

— Pas avant mon mariage. Maman en aurait du dépit.

— En tout cas, sois tranquille, je ne t'adresserai plus ni remarques ni conseils. Fais ce que tu veux, je m'en moque ! Je t'aime bien tel que tu es.

— Moi aussi, je t'aime bien, dit Léon en se levant. Pourtant nous n'avons rien en commun.

— Si, répliqua Alexis. Notre mère.

— Quand il s'agit d'elle, je me demande si nous parlons de la même femme.

— Peut-être pas, en effet, reconnut Alexis.

Léon éclata d'un petit rire serré et dissonant, et, se penchant par-dessus la table, embrassa son frère sur les deux joues. Un baiser chaud et mouillé qu'Alexis reçut avec dégoût. La fausse affection de Léon lui pesait.

— Je te laisse, dit-il en se dressant à son tour. Merci pour le verre de thé. Et bonne chance dans ta nouvelle vie !

Comme il se dirigeait vers la porte, la voix de Léon le frappa dans le dos :

— De nous deux, c'est toi le plus malheureux, Alexis. Mais tu ne le sais pas !

X

A califourchon sur un tabouret, une chibouque entre les dents, Léon regardait Kouzma qui peignait des fleurs sur la porte de la chambre à coucher : au centre du panneau, trois roses entourées d'une couronne de myosotis. Pas besoin de modèle. L'artiste connaissait si bien son affaire qu'il aurait pu peindre des bouquets les yeux fermés. Son pinceau léger effleurait à peine le bois. Chaque touche précisait un pétale. Fasciné par l'aisance et la précision du travail, Léon souhaitait que Kouzma ne s'arrêtât jamais de peindre. Depuis qu'il avait renvoyé Xénia au village, c'était sa meilleure distraction. Cependant, privé d'elle, il éprouvait un appétit grandissant de caresses. Un de ces jours, trompant la surveillance maternelle, il irait la retrouver à Stepanovo. Ils feraient l'amour dans une grange. Cela le calmerait pour quelque temps. Le pinceau courait d'une couleur à l'autre, sur la palette. Un peu de blanc, une pointe de rouge, un soupçon de terre de Sienne. L'attention de Léon était si tendue qu'il cessa de tirer sur sa pipe. Quand elle se fut éteinte, il négligea de la rallumer. Marie Karpovna était retournée en forêt avec Smetanov. Mais ces promenades à cheval se faisaient maintenant sans la participation d'Alexis. Léon ressentait un soulagement coupable chaque fois que sa mère quittait la maison. Libéré de sa tutelle, il vivait pendant quelques heures dans un état d'heureuse récréation. Un goût amer emplit sa bouche. Il avait trop fumé. Un petit verre de liqueur de cerise pour se purifier la langue. Comme il se levait pour aller chercher le flacon, un bruit de jupes se rapprocha dans le corridor : Agathe Pavlovna. Il ne put réprimer un mouvement d'humeur. Pourquoi venait-elle le relancer ? Elle portait son inévitable robe d'indienne à mille raies et avait piqué — Dieu sait pourquoi ? — deux marguerites dans ses cheveux.

— Je suis venue voir les travaux, dit-elle timidement. Ce sera bien joli chez nous.

Ce « chez nous » le heurta comme s'il eût buté sur un caillou. Il serra les dents jusqu'à en avoir les mâchoires douloureuses.

— Oui, tes fleurs sont très réussies, Kouzma, reprit-elle en s'adressant au peintre. On jurerait qu'elles sont vraies, qu'on les a cueillies à l'instant et collées sur la porte. Où en est le bureau ?

— Terminé, dit Kouzma sans se retourner.

— Pourrais-je y jeter un coup d'œil ? demanda-t-elle.

Léon la conduisit dans le bureau qui sentait encore la peinture fraîche. Lilas, roses et renoncules avaient envahi les plinthes, les corniches, les encadrements des portes et des fenêtres. Agathe joignit les mains :

— Que c'est gracieux ! Quelle bonne idée Marie Karpovna a eue de faire décorer notre intérieur par Kouzma ! Elle n'a d'ailleurs que de bonnes idées ! Savez-vous comment j'appelle notre maison dans ma tête ?

— Non.

— La maison des deux cœurs. Oh ! Léon Ivanovitch, dites-moi que nous y serons heureux !

— Pourquoi pas ? marmonna-t-il.

Elle se rapprocha de lui, les yeux écarquillés, la bouche entrouverte. Il reçut son souffle en plein visage. Elle avait dû sucer un bonbon à la menthe pour se donner une meilleure haleine. Ses joues se marbraient. Deux larges taches roses avec une réserve pâle au centre. Il remarqua une petite verrue au coin de sa lèvre. Et soudain il ne vit plus que cette excroissance de chair. Elle envahit son cerveau. Une panique froide le saisit. Sa peau, ses muscles, ses nerfs démissionnaient. Jamais il ne pourrait faire l'amour avec cette veuve fanée. Avec désespoir, il songea aux seins insolents, aux cuisses fermes et soyeuses de Xénia. Agathe s'abattit sur sa poitrine et, la tête renversée, attendit son baiser. Plus il la sentait désireuse de lui appartenir, plus il se raidissait dans une négation répulsive. Des aboiements retentirent dans la cour, des exclamations, un bruit étouffé de sabots. Il voulut s'écarter d'elle, mais elle le retint, agrippée des deux mains à ses épaules.

— C'est Marie Karpovna qui rentre de promenade, chuchota-t-elle. Vite !...

Et elle se dressa sur la pointe des pieds. Il la repoussa brutalement :

— Non, il ne faut pas, Agathe Pavlovna... Pas aujourd'hui. Allez-vous-en !...

Souffletée, humiliée, elle laissa retomber les bras, recula, ouvrit la bouche sans rien dire et, tournant les talons, se précipita dehors. Elle courut ainsi, à petits pas chancelants, jusqu'à la maison principale, et se heurta à Marie Karpovna et à Smetanov qui descendaient de cheval devant le perron. Du premier coup d'œil, Marie Karpovna comprit que sa dame de compagnie venait de subir un affront. Ayant invité Smetanov à l'attendre dans le salon pendant qu'elle se changeait, elle ordonna à Agathe de la suivre dans sa chambre. La porte refermée, elle se déganta, ôta son chapeau, déboutonna le collet de son amazone et demanda calmement :

— Eh bien, que se passe-t-il ?

Le visage démoli, les yeux gonflés de larmes, Agathe gémit :

— Il ne m'aime pas... Il ne m'aimera jamais !

104

Marie Karpovna lui tapota la nuque du plat de la main :

— Allons, allons, ma chère ! Raisonnez votre chagrin. Tout cela est si nouveau pour Léon ! Cette idée de mariage lui est tombée comme une brique sur la tête. Il faut lui laisser le temps de vous découvrir, de vous apprécier, de s'habituer à vous. Je connais mon fils : il est lent à s'éveiller. Mais, quand il est en train, plus rien ne l'arrête. Si j'ai voulu qu'il vous épouse, c'est que je le sais capable de faire le bonheur d'une femme. De toutes les manières. Patience. Persévérance...

Agathe ravala ses sanglots et aida Marie Karpovna à troquer son amazone contre une robe d'intérieur en mousseline rose saumon, à manches courtes. Marie Karpovna aimait renflouer les épaves. Le désarroi de sa dame de compagnie lui donnait, une fois de plus, la mesure de son autorité. Elle se promit d'intervenir auprès de Léon pour qu'il se montrât plus prévenant avec sa fiancée. Elle ne doutait pas qu'en insistant elle obtiendrait de lui la dose de désir nécessaire. Son pouvoir sur les êtres ne se limitait pas, pensait-elle, à leur imposer sa volonté ; il lui permettait de commander à leurs pulsions les plus secrètes. La promenade avec Smetanov l'avait mise en un singulier état d'alacrité. Elle décida de garder à dîner cet homme raisonnable, pondéré et courtois, toujours de bonne humeur et le compliment à la bouche. Il la

consolait de ses deux fils qui étaient des hurlu-
berlus. Joyeuse sans motif précis, elle ordonna à
Agathe de se bassiner le visage et de se recoiffer.

— Je vous prêterai une autre robe, dit-elle. Ce
soir, ma chère, il faut que Léon n'ait d'yeux que
pour vous. Nous y arriverons, nous y arriverons !
Je m'en fais un point d'honneur !

A demi rassérénée, Agathe esquissa un faible
sourire. « Mais non, elle n'est pas si laide ! »
songea Marie Karpovna. Et, surprise de sa propre
indulgence, elle l'embrassa.

Pendant le dîner, Smetanov aiguilla la conversation sur des sujets aussi anodins que la chasse,
la pêche, les coupes de bois... Alexis le laissa
pérorer sans intervenir. Il observa que Marie
Karpovna paraissait très animée et que Léon et
Agathe, en revanche, penauds, muets, évitaient de
se regarder. Sans doute y avait-il eu entre eux
quelque bisbille. De toute façon, ce qui se passait,
ce qui se disait ici ne le concernait pas. Il n'avait
rien à voir avec les gens dont il partageait le repas
contre son gré.

En sortant de table, il prétexta un mal de tête et
demanda à sa mère la permission de se retirer.
Dehors, il respira avec ivresse l'odeur du jardin
assoupi. Au déclin de cette journée d'été, le ciel
nocturne était toute transparence, toute fraî-

cheur, avec son vertigineux semis d'étoiles. Les Pléiades scintillaient plus que toutes les autres constellations. Une légère vapeur montait de l'étang. Les coassements des grenouilles parodiaient, au loin, la conversation des humains. Quand Alexis se rapprocha du plan d'eau, elles se turent. Il poursuivit son chemin vers la cahute de Kouzma. Une pâle lueur veillait derrière la fenêtre à demi masquée par un rideau en toile de jute. Il frappa à la porte. Un remue-ménage précipité lui répondit. Des pas couraient en tous sens, à l'intérieur. La voix de Kouzma demanda à travers le battant :

— Qu'est-ce que c'est ?

— C'est moi : Alexis Ivanovitch.

La porte s'ouvrit. Kouzma fit entrer Alexis dans son isba et lui désigna un tabouret près de la table. Sa demeure se composait d'une seule pièce, au sol de terre battue et aux murs de rondins calfeutrés avec de l'étoupe. Un large poêle, noir de fumée, en occupait tout le fond, face aux icônes honorées par trois veilleuses. Alexis se signa devant les images saintes et s'assit. Des peaux de bique pendaient, çà et là, à des clous. Il n'y avait pas de lit. Kouzma couchait sur le poêle, parmi un amoncellement de couvertures trouées et de chiffons. Luxe suprême, il ne s'éclairait pas avec un bâton de résine ou une chandelle de suif, mais avec une lampe à huile, cadeau de Marie Karpovna.

— Je passais par là, dit Alexis. J'ai vu de la lumière. Où en es-tu de tes travaux ?

— Lesquels ? demanda Kouzma.

— Eh bien, mais tes travaux de décoration, chez mon frère !

— Peu importe, dit Kouzma. J'ai autre chose à vous montrer.

Son visage avait pris un air de mystérieuse jubilation. Il se dirigea vers un coffre de bois, sous les icônes, l'ouvrit, en tira une toile et la présenta, les bras tendus, à la lueur de la lampe. Alexis éprouva soudain un sentiment de paix, de simplicité et d'intelligence. Devant lui, dans le cadre sombre et solide d'une fenêtre, s'inscrivait un jardin lumineux, vaporeux, tremblant. Malgré la précision des détails, ce n'était pas un paysage réel, mais un paysage de rêve où chaque herbe était exaltée. Alexis reconnaissait les buissons, le sentier, une touffe de lilas, un coin de ciel, et pourtant il avait l'impression de ne les avoir encore jamais vus. Des échanges subtils s'opéraient, dans une sorte de buée vibrante, entre le vert de la prairie et celui des feuillages, le blond du sable et le blanc des nuages d'été. On avait envie de s'élancer dans cet espace ensoleillé, et cependant le corps demeurait sur place, maladroit, condamné. Seule l'âme participait à la fête. La gorge serrée, Alexis s'écria :

— C'est un chef-d'œuvre, Kouzma ! Un chef-d'œuvre digne des plus grands ! Quand as-tu peint cela ?

— Un peu le matin, un peu le soir, pendant mes moments de liberté. Personne ne l'a vu, à part vous. Je suis content que ça vous plaise.

— Je t'achèterai d'autres toiles, à Toula. Nous enverrons tes tableaux à Saint-Pétersbourg. Je me débrouillerai pour te faire connaître.

Dans son exubérance, Alexis oubliait qu'à Saint-Pétersbourg, malgré les relations de sa mère, il n'était qu'un petit fonctionnaire sans audience. Combien de fois, emporté par l'enthousiasme, n'avait-il pas ainsi perdu le sens des réalités ? Il eut conscience d'être allé trop loin dans sa promesse et, peut-être, dans son admiration. Incapable d'un effort continu, il se refroidissait aussi vite qu'il s'était enflammé. Déjà, derrière son dos, grandissait l'ombre de sa mère. Une crainte vague se coula en lui.

— Oui, oui, je me débrouillerai, murmura-t-il. Pour l'instant, silence. Cache vite ton tableau et n'en parle à personne.

Cependant, comme Kouzma s'apprêtait à ranger la toile dans le coffre, il l'arrêta :

— Montre encore.

Un dernier coup d'œil au tableau le persuada qu'il ne se trompait pas. Il n'oublierait jamais cette vision éthérée d'un coin du jardin de Gorbatovo. L'étonnant était qu'une évocation aussi délicate fût l'œuvre d'un homme aussi simple et, pour tout dire, d'un serf. Il y avait ainsi parfois quelque absurdité dans la distribution des talents à la naissance.

— Très bien, vraiment très bien ! marmonna Alexis.

Kouzma glissa la toile dans le coffre et rabattit le couvercle. L'isba, un instant magnifiée, redevint une misérable cabane de paysan. Alexis accepta un verre de kwas.

— Et, demain, il faudra que je me remette aux fleurs ! soupira Kouzma. C'est tellement laid ce que je peins dans la maison de Léon Ivanovitch ! Ça abîme tout !

— Ne te plains pas, dit Alexis. Maintenant, tu as une vraie raison de vivre.

Il souhaita une bonne nuit à Kouzma et ressortit. La nuit s'était épaissie. Une musique légère venait de la maison principale, aux fenêtres brillamment éclairées. Du Schumann sans doute... A la demande de Marie Karpovna, de Smetanov et, peut-être, de Léon, Agathe s'était mise au piano. Alexis s'arrêta un instant devant le perron, écouta la cascade des notes perlées et poursuivit son chemin, la tête levée vers les étoiles, le cœur alourdi d'un bonheur qu'il ne s'expliquait pas. Ce n'était plus dans son jardin qu'il se promenait, mais dans le jardin de Kouzma.

XI

La foire aux chevaux se tenait dans un champ
galeux, à la sortie du bourg. Le périmètre d'expo-
sition était délimité par des charrettes rangées
bout à bout. Derrière cette enceinte provisoire,
s'alignaient pêle-mêle des rosses étiques, des
étalons lustrés, des trotteurs nerveux, des bêtes
de somme aux croupes larges. Attachés court, ils
piétinaient, quoaillaient, hennissaient, face à la
foule bariolée qui défilait devant eux. Les
humains étaient aussi divers que les chevaux. Il y
avait là des maquignons bedonnants à la touloupe bleue et au bonnet de castor, des moujiks à
la chemise rapiécée, des Bohémiens aux yeux
rapides qui haranguaient les passants, des offi-
ciers de remonte en uniforme d'été, des hobereaux du voisinage, chapeau sur la tête et gants à
la main. Les connaisseurs retroussaient les lèvres
des chevaux pour examiner leurs dents, levaient
leur pied d'un geste sûr, palpaient les muscles de
leurs jambes et de leur garrot, hochaient le

menton, discutaient le prix, s'en allaient, revenaient, tapaient dans la main du vendeur. De ce grand concours d'animaux et de gens montait un brouhaha de conversations, de rires, d'ébrouements, d'interjections, dont les ondoiements faisaient penser au bruit des vagues dans une grotte.

Alexis avait accompagné sa mère qui désirait acheter un jeune cheval de volée pour remplacer la vieille jument Mouchka, à bout de service. Ils étaient venus au début de l'après-midi, en voiture. Louka les suivait pas à pas dans la cohue, à distance respectueuse. Marie Karpovna était l'unique femme de l'assistance. Ce détail ne la troublait pas. Tête haute, elle contredisait les maquignons avec une autorité tranchante et se moquait de leurs boniments. Aucun cheval ne lui paraissait assez beau pour son attelage. Alexis l'approuvait. Il était heureux de se retrouver seul à seul avec elle. Dans de pareils moments d'intimité, il lui semblait que toute la tendresse de sa mère lui était rendue. Oubliant ses griefs contre elle, il ne songeait qu'au plaisir de s'épanouir dans le rayonnement de cette présence tout ensemble féminine et énergique, élégante et opiniâtre. Une fois de plus, Léon était resté à Gorbatovo pour servir les desseins amoureux d'Agathe. La situation de son frère amusait Alexis. Il le voyait comme un gros appât, livré à la voracité de sa fiancée. Quand se déciderait-il enfin à se laisser avaler ? Après avoir fait le tour des chevaux,

Alexis demanda à Marie Karpovna si elle souhaitait rentrer directement à la maison.

— Non, non, dit-elle. Promenons-nous encore un peu sur le champ de foire. Après tout, il y a peut-être un cheval convenable qui nous a échappé. Et puis, il faut laisser le temps à Léon et à Agathe de se regarder au fond des yeux !

Ils reprirent leur déambulation nonchalante.

— Vous croyez vraiment qu'elle finira par le séduire ? demanda Alexis.

— A mon avis, c'est déjà fait !

— Et vous en êtes contente ?

— Très. Je considère Agathe comme ma fille. Modeste, travailleuse, attentionnée, elle a toutes les qualités qu'on peut exiger d'une femme !

— Il lui manque la grâce.

— C'est secondaire.

— Pour vous peut-être. Mais pour le mari...

— Tu es stupide, mon cher. Quand il aura goûté à mon Agathe, il ne pourra plus s'en passer. Comment trouves-tu l'arrangement de leur maison ?

Interrogé à brûle-pourpoint, Alexis opta pour la franchise :

— Je ne partage pas votre engouement pour les petites fleurs sur les murs.

— Tu les trouves mal peintes ?

— Au contraire. Elles sont très réussies. Mais il y en a trop. Quand on entre, on ne voit qu'elles. C'est étouffant !

Elle fronça les sourcils :

— Tu n'y connais rien.

Et, lui prenant le bras, elle ajouta avec un sourire malicieux :

— Au fait, il paraît que Kouzma a peint un tableau en cachette !

Interloqué, il bredouilla :

— Je ne suis pas au courant...

— Mais si ! Tu es même allé le voir chez lui. Et je parie que c'est toi qui lui as procuré la toile !

Alexis garda le silence. Un froid mortel se coulait dans ses veines. Kouzma avait été dénoncé. Sans doute quelque domestique l'avait-il surpris en l'épiant par la fenêtre. Marie Karpovna avait des mouchards partout. Elle veillait dans sa propriété comme une araignée au centre de sa toile. Pourtant, elle ne semblait pas fâchée. Son visage, sous la capeline de paille à rubans bleus, exprimait une affectueuse indulgence.

— Tu as bien fait, reprit-elle. Kouzma est fatigué de peindre des fleurs. Qu'il se divertisse donc en peignant autre chose ! Et comment trouves-tu son tableau ?

— Admirable, dit-il.

— Parfait. J'espère qu'il n'en négligera pas pour autant son travail chez Léon.

— Non, non, soyez tranquille...

Elle souriait toujours. Il en conclut que le coupable était absous de sa faute. Peut-être même cette volte-face de Marie Karpovna présageaitelle un heureux avenir pour Kouzma. Il allait pouvoir exercer son art en toute liberté, peignant ce qui lui plaisait, quand il lui plaisait. Et c'était lui, Alexis, qui aurait été l'artisan de cette chance. Il avait mal jugé sa mère : elle avait une certaine bonté sous des dehors souverains. Sa violence même n'était que l'envers de sa mansuétude.

— Merci ! murmura-t-il.

Ils continuèrent leur inspection, bras dessus, bras dessous. Mais Alexis ne regardait plus les chevaux. Il n'avait d'yeux que pour le pied étroit de sa mère, chaussé de chevreau blond, et pour le bas de sa robe bleue dont le mouvement régulier balayait la poussière. Une voix familière, derrière son dos, le tira de sa contemplation :

— Quelle heureuse surprise, Marie Karpovna !

Il se retourna et découvrit l'inévitable Smetanov qui souriait de toutes ses dents. Vêtu d'une redingote couleur puce à boutons de cuir et de pantalons en tissu écossais, le nouveau venu arborait une large cravate rose, à demi cachée par le col rabattu de sa chemise. A sa vue, Marie Karpovna s'illumina. Assurément, cette rencontre n'était pas fortuite. Ils s'étaient donné rendez-vous. L'humeur d'Alexis vira à l'aigre. Toute sa journée était gâchée par l'arrivée de cet intrus avantageux. En apprenant que Marie Karpovna n'avait pas trouvé de cheval à sa convenance, Smetanov proposa ses services pour dénicher la « perle rare ». On refit le tour de l'enclos.

Smetanov connaissait tous les maquignons. Il finit par jeter son dévolu sur un petit cheval bai — la couleur de Marie Karpovna — aux jambes un peu grêles mais au poitrail robuste, déjà dressé à courir en troïka, à gauche. Ce fut lui qui discuta le prix avec le vendeur, pied à pied. Il se fâcha à plusieurs reprises, cria comme un écorché, tourna les talons, revint de mauvaise grâce. Alexis avait honte de ce bas marchandage. Mais sa mère exultait. Son regard magnifiait l'homme qui défendait ses intérêts avec une âpreté si efficace. Un Bohémien aux cheveux noirs frisés, un anneau de cuivre dans l'oreille, servait d'intermédiaire entre les deux parties. Au bout du compte, Smetanov arracha l'affaire pour la moitié du prix initial. Le Bohémien rapprocha de force les mains de l'acheteur et du vendeur. Marie Karpovna tira l'argent de son sac. Louka prit le cheval par le bridon, le conduisit à travers la foule et l'attacha derrière la calèche. On partit en cet équipage. Alexis et sa mère avaient pris place dans la voiture. Smetanov, ayant mis sa monture au pas, chevauchait à hauteur de la portière. Il se tenait lourdement en selle, la tête droite, un poing sur la hanche.

— Vous êtes terrible dans la discussion ! dit Marie Karpovna avec une intonation admirative.

— J'avoue que j'aurais été moins acharné s'il s'était agi d'un achat personnel ! répliqua Smetanov. Mais je ne puis supporter qu'on roule mes amis.

— Sans vous, nous n'aurions jamais fait attention à ce cheval !

— Question d'habitude : cheval, homme ou femme, je juge tout du premier coup d'œil !

Il accompagna ces paroles d'un sourire qu'Alexis jugea insolent. Le ciel se couvrait. La lumière du soleil déclinant fut interceptée soudain par un troupeau de nuages gris qui traversaient l'espace à vive allure. Sous leur ventre de plomb, un crépuscule sinistre envahit la campagne. La nuit en plein jour. Un vent chaud et moite, accouru de l'horizon, coucha l'herbe des prés en moires argentées, rebroussa brutalement les feuillages, souleva en tourbillon la poussière de la route. Des corbeaux s'envolèrent hors des champs violentés, en croassant avec fureur. Un éclair aveuglant jaillit des ténèbres, suivi d'un grondement comparable au bruit d'un tonneau vide roulant sur le pavé. Encore un éclair et, cette fois, tout près, le fracas déchirant de la foudre. Une pluie drue s'abattit sur le sol qui crépita. Louka arrêta les chevaux, descendit de son siège en maugréant et releva la capote à soufflets de la calèche. Avant qu'il eût achevé son travail, Marie Karpovna et Alexis étaient trempés. Elle proposa à Smetanov de venir s'abriter auprès d'eux, dans la voiture. Stoïque, il préféra continuer sa route à cheval. La tête dans les épaules, la goutte au nez, il trottait à travers le déluge. Pourtant, au bout de dix minutes, comme l'averse redoublait de vigueur, il s'avoua vaincu. On attacha son cheval à l'arrière, contre le flanc du cheval nouvellement acheté, et Smetanov s'installa sur la banquette avant, face à Marie Karpovna et à Alexis. Ils étaient si serrés sous la capote que leurs genoux se touchaient. Le tambourinement de la pluie sur la couverture de cuir répondait au tintement grêle des clochettes de l'attelage. A chaque cahot, Smetanov manquait de s'écrouler sur Marie Karpovna. Il avait dégagé son cou en défaisant le crochet supérieur de son col. Sa cravate, d'un rose violacé, pendait sur sa poitrine. Il tenait son chapeau à plat sur sa cuisse. De sa main libre, il s'essuyait le visage avec un mouchoir. Cette promiscuité forcée indisposait Alexis comme s'il se fût trouvé en tiers dans une entrevue amoureuse. Il fallut faire un détour pour ramener Smetanov chez lui. Une fois arrivé, il invita Marie Karpovna et Alexis à se sécher devant un bon feu et à prendre une collation avant de repartir. Heureusement, elle refusa. Il était tard. Elle avait hâte de prendre des nouvelles d'Agathe, qu'elle avait laissée seule avec Léon. Un palefrenier accourut, détacha le cheval de Smetanov et le conduisit à l'écurie. La maison de Smetanov était trapue, avec une façade peinte en jaune et des colonnes blanches devant l'entrée. Le pourtour des fenêtres, hautes et étroites, se détachait également en blanc sur l'ocre des murs. Les allées du jardin étaient recouvertes de brique pilée. Au premier regard, la propriété paraissait bien tenue.

Marie Karpovna promit de revenir bientôt. « Dès le retour du soleil ! » précisa-t-elle. Il pleuvait toujours. Debout sur le perron, Smetanov agitait la main. Ses pantalons en tissu écossais lui collaient aux cuisses. Louka fit claquer son fouet. Les roues de la calèche écrasèrent la brique pilée du chemin. Smetanov disparut, masqué par le rebord de la capote abaissée. De nouveau, Alexis fut seul avec sa mère. Mais il n'en éprouvait plus aucun plaisir.

Le lendemain, le temps se rétablit, et, après le déjeuner, Marie Karpovna fit seller son cheval. Alexis voulut l'accompagner en promenade. Elle s'y opposa. Il osa lui demander :

— Où allez-vous ?

— Cela ne te regarde pas, répondit-elle.

Il en conclut qu'elle se rendait chez Smetanov. Elle avait revêtu sa belle amazone gris tourterelle, à longue traîne. Quand elle fut partie, il ne put se résoudre à rester en place. Travaillé par la fureur, il se fit amener un cheval et s'élança à la poursuite de Marie Karpovna. Le mouvement de la course précipitait les battements de son cœur. Ses pensées sautaient follement dans sa tête. Il avalait sans le voir un paysage tumultueux. A mi-chemin de la propriété de Smetanov, l'inconséquence de sa démarche l'éblouit. De quel front se présenterait-il devant le couple ? Sa mère était libre de se conduire comme elle l'entendait. Fils respectueux, il ne pouvait même pas l'empêcher de se compromettre. Il tourna bride et revint sur ses pas.

Des serviteurs s'empressèrent pour aider Marie Karpovna à descendre de cheval. Un valet, armé d'un petit balai, s'accroupit pour épousseter le bas de son amazone avant qu'elle ne gravît les marches du perron. Smetanov était sorti à la rencontre de la visiteuse. Après lui avoir baisé les deux mains, il la conduisit cérémonieusement dans le salon, qui était meublé à l'orientale, avec des tapis caucasiens aux murs, trois divans bas encombrés de coussins et deux yatagans enca-drant une glace. Lui-même portait une robe de chambre courte en cachemire, ouverte sur une chemise à jabot, et des pantalons verts bouffants enfoncés dans de petites bottes aux pointes recourbées. Elle l'avait fait prévenir de son arri-vée par un messager. Il affichait une expression d'amoureuse espérance. Quand la porte fut refer-mée, elle s'assit sur l'un des divans et il s'age-nouilla devant elle en marmonnant :

— Enfin ! Enfin ! Vous chez moi ! Je n'ose y croire !

Cet hommage balbutiant la flatta.

— Relevez-vous, mon ami, dit-elle.

Alors, transporté d'audace, il se dressa sur ses pieds, se pencha vers elle et essaya de l'enlacer. Elle lui échappa et se réfugia derrière une table basse à incrustations de nacre. Il bondit de nouveau, mais ses mains ne rencontrèrent que le vide. Avec une légèreté de danseuse, elle courait de droite et de gauche, contournant les meubles et narguant son poursuivant aux bras tendus, aux jambes lourdes.

— Diablesse ! gémit-il. Divine diablesse ! Vous me faites perdre la raison !

Des gouttes de sueur striaient ses joues. Congestionné, il haletait de toute la poitrine et continuait à la pourchasser en zigzag. Elle le trouvait grotesque dans son acharnement et, loin de la refroidir, cette constatation l'excitait. De tout temps, elle avait pris plaisir à ridiculiser les gens qui avaient la faiblesse de l'aimer. Elle mesurait son pouvoir sur eux à l'abaissement qu'elle en obtenait par la menace, la ruse ou la séduction. En se dégradant à ses yeux, Smetanov la conquérait plus sûrement que par l'élégance ou la morgue. Enfin elle jugea que le jeu avait assez duré et dit d'un ton strict :

— Cela suffit, Fedor Davidovitch ! Reprenez-vous, je vous en prie. Vous êtes ridicule !

Son regard agit sur lui comme un jet d'eau froide. Il s'immobilisa sous le choc et baissa la tête.

— Pardonnez-moi, estimée Marie Karpovna, dit-il. Un homme ensorcelé mérite beaucoup d'indulgence.

— Soit, dit-elle en se rasseyant. Oublions ce fâcheux intermède. Appelez vos gens et faites servir le thé.

Il obéit. Elle dégusta son triomphe comme une liqueur forte. Résister était, pour elle, plus exaltant que de céder. Même en amour.

Elle ne rentra qu'à la nuit tombante. Le soir, à table, à la lueur des bougies, Alexis guetta sur ce visage de femme les signes du dérèglement amoureux. Mais elle semblait, à son habitude, impénétrable, souriante et magistrale. Il n'empêche que ces sorties à cheval, seule, dans la campagne, étaient absurdes pour une personne de son âge et de sa qualité. Alexis se promit de le lui dire, mais se tut tout au long du repas, renfermé sur une souffrance où entraient du mépris, de l'amour, de la haine, et le sentiment de sa propre faiblesse devant une volonté supérieure à la sienne. Après le dîner, Agathe se mit au piano. Léon resta auprès d'elle, tournant les pages de la partition.

Marie Karpovna se rassit devant son ouvrage de tapisserie. Debout dans l'embrasure d'une fenêtre, Alexis s'emplit les yeux, jusqu'à l'écœurement, du spectacle de cette fausse paix familiale.

XII

Dix heures du soir. Trop tôt pour dormir. Et pas un livre convenable à se mettre sous la main. Assis dans son bureau, Alexis parcourait avec ennui un vieux numéro du *Journal de Saint-Pétersbourg*, lorsqu'il entendit une rumeur de pas et de voix dans l'entrée. L'instant d'après, le petit Youri vint l'avertir que Kouzma voulait lui parler. D'abord Alexis se réjouit de cette diversion. Mais, en voyant son visiteur franchir le seuil de la pièce, il fut saisi d'une inquiétude vague, qui le fit se dresser hors de son fauteuil. Kouzma se tenait devant lui, hagard, la bouche ouverte sur un cri silencieux, les yeux exorbités et luisants de larmes.

— Elle est venue chez moi pendant que je n'étais pas là, dit-il d'une voix entrecoupée. Elle a fouillé partout. Elle a trouvé le tableau dans le coffre. Et elle l'a déchiqueté à coups de couteau. Je suis arrivé quand elle finissait d'arracher des lambeaux de toile au châssis. Elle était comme une furie. Elle a menacé de m'envoyer en Sibérie pour désobéissance... Voilà, c'est fini... Le tableau que vous aimiez n'existe plus... Je ne pourrai plus jamais peindre ce que je veux... C'était trop beau... Ça ne pouvait pas durer !...

Atterré, tremblant de colère, Alexis n'osait croire encore que sa mère se fût rendue coupable d'un acte où tant de bêtise s'alliait à tant de cruauté. Il y avait donc deux femmes en elle. L'une douce, conciliante, qui lui avait tiré les vers du nez à la foire aux chevaux. L'autre intransigeante et obtuse, qui ne tolérait aucune dérogation à ses ordres. Vraiment, elle n'éprouvait que du mépris pour le reste du genre humain. Son rôle n'était pas de comprendre, mais de dompter. Et dompter, pour elle, c'était détruire la dignité des autres, les obliger à renoncer à eux-mêmes, pour n'être que les pâles reflets de sa volonté personnelle.

— Ce n'est pas possible, ce n'est pas possible ! répétait-il. Elle n'a pas pu faire ça !...

Et, soudain, plantant là Kouzma, il se rua dans le jardin et courut, en s'empêtrant dans sa robe de chambre, vers la grande maison. Chemin faisant, il perdit une de ses babouches et s'arrêta pour la rechausser. Quand il arriva sur le perron, toutes les lampes du salon étaient déjà éteintes. Marie Karpovna avait regagné sa chambre, au premier étage. Elle devait être à sa toilette de nuit. Il grimpa l'escalier, frappa à la porte et, sans attendre la réponse, entra brutalement.

Assise devant sa coiffeuse en bois de citronnier, le corps enveloppé d'un déshabillé de soie blanche, à mille plis et à manches larges, Marie Karpovna abandonnait ses cheveux dénoués au peigne lent d'une soubrette. Agathe surveillait la scène, les mains croisées sur le ventre. Sans se démonter et sans même tourner la tête, Marie Karpovna toisa le reflet de son fils dans la glace ovale du meuble et dit d'un ton calme :

— Qu'est-ce qui te prend ? Tu as des insomnies ?

— Vous avez osé détruire... détruire le tableau de Kouzma ! bégaya-t-il. C'est un crime contre l'art !... Vous n'aviez pas le droit !...

— Ici, c'est moi qui dis le droit et personne d'autre, mon cher, proféra-t-elle.

— Mais pourquoi avez-vous fait ça ?

— Parce que cet imbécile m'a désobéi.

— Il aurait continué à peindre des fleurs pour vous, en plus...

— C'est précisément cet « en plus » que je ne peux supporter. Quand je donne des instructions, je veux qu'on s'y conforme scrupuleusement. Toute exception, toute tolérance est une invitation au désordre. Moi vivante, cette propriété sera dirigée.

— Il est au désespoir !

— Il se consolera.

— C'était un chef-d'œuvre !

— Ma maison aussi est un chef-d'œuvre. Et je veux qu'elle le reste. Pour cela, toutes les têtes doivent s'incliner. Ou Kouzma se résignera, se repentira, ou je l'enverrai en Sibérie. Je le lui ai dit. Je ne reviendrai pas sur ma décision !

Et, brusquement, pivotant sur son siège, elle dirigea sur Alexis un regard glacé. Une fois de plus, il fut frappé par la majesté de Marie Karpovna dans la colère. Avec son peignoir blanc, ses cheveux épars et son visage de marbre, elle était la statue de la domination.

— Toi aussi, d'ailleurs, tu m'as désobéi, reprit-elle. Trahissant ta mère, tu as fourni en cachette des toiles à ce pauvre idiot. Tu l'as encouragé dans sa folie. Tu t'es allié à lui contre moi. Tu m'as bafouée. Tu mériterais que je te renvoie à Saint-Pétersbourg et que je t'y laisse crever de faim, en rêvant à des tableaux soi-disant admirables !

Tandis qu'elle parlait, emportée par le courroux, Alexis se sentait envahi d'une solennelle terreur devant la démesure de sa mère. Elle avait moralement un fouet à la main, qu'elle faisait claquer aux oreilles de ses proches. Comme si elle se fût trouvée dans une cage aux fauves, elle les obligeait à ramper d'un tabouret à l'autre, à rugir dans le vide, à traverser d'un bond un cerceau enflammé. Parvenue à ce paroxysme, la volupté du dressage rejoignait chez elle la volupté de la possession.

Pendant la dispute, la soubrette et Agathe s'étaient prudemment réfugiées au fond de la pièce. Comme elles allaient se retirer, par discrétion, Marie Karpovna les arrêta :

— Non, restez. Vous allez nous servir d'arbitres ! Ai-je eu raison, oui ou non, de détruire ce tableau ?

Interpellée à l'improviste, Agathe fit une grimace servile et balbutia :

— Oh oui, Marie Karpovna !

— Oui, oui, barynia, renchérit la soubrette en rentrant peureusement le cou dans les épaules.

Le cœur soulevé de dégoût, Alexis sortit et claqua derrière lui la porte de la chambre. A travers le battant, il entendit sa mère qui criait :

— Ne me parle plus jamais de cette affaire, Alexis !

XIII

En ouvrant les yeux, tôt le matin, Marie Karpovna se réjouit du beau temps qu'annonçait un
rayon de soleil entre les rideaux bleus, de la saine
disposition de son corps après une nuit de sommeil et des nombreuses occupations qui l'atten-
daient dans la journée. Accourue à son coup de
sonnette, la femme de chambre, Vassilissa,
apporta, dans un bol, une infusion de tilleul
rehaussée de rhum, excellent remède pour apai-
ser, par application, la fatigue des paupières, aida
la barynia à passer son déshabillé blanc à mille
plis, à se bassiner le visage, à se rincer la bouche
et, lui ayant brossé les cheveux, les arrangea
artistement sous un bonnet de dentelle léger
comme l'écume d'un ruisseau. Une fois assise
devant son secrétaire, Marie Karpovna prit son
livre de prières, lut à mi-voix l'une des vingt
parties du psautier et, ainsi purifiée, s'intéressa
au plateau de son petit déjeuner : thé, craquelins,
beurre, miel, confiture de fraises. Sur tout cela

flottait un fumet de bonheur tranquille. Après s'être restaurée, Marie Karpovna fit enlever le plateau et alla s'agenouiller devant les icônes de son oratoire. Quand elle élevait son âme vers le ciel, elle avait toujours l'impression d'être entendue. Il y avait entre le Très-Haut et elle une connivence agréable, dont elle voyait les effets dans son actuelle prospérité. Quoi qu'elle fît, quoi qu'elle décidât, Dieu ne lui lâchait pas la main.

En se redressant, elle ne sentit même pas l'habituelle petite douleur aux genoux. Les années n'avaient pas de prise sur elle. De corps et d'esprit, elle était indestructible. Cette conviction la ragaillardit. Elle accueillit avec bienveillance Agathe qui venait lui souhaiter le bonjour. Depuis que Léon se montrait plus prévenant avec elle, la dame de compagnie avait mélangé un peu d'allégresse à son humilité. On eût dit une fleur à demi fanée, qui, trempée dans l'eau, reprend soudain un pâle et éphémère éclat. Afin de lui redonner confiance en elle-même, Marie Karpovna sollicita son opinion sur la robe qu'elle mettrait aujourd'hui. Elle devait recevoir pour le thé deux dames du voisinage : Nina Antonovna Ilyne et Sophie Andréïevna Salkov. Agathe hésita longtemps et finit par préconiser la robe de taffetas rose foncé. Bien que Marie Karpovna fût d'un avis différent, elle résolut, pour une fois, de « faire plaisir à Agathe » en suivant son conseil. Elle décida même de s'habiller ainsi dès le matin. Vassilissa passa la robe à sa maîtresse. Agathe l'aida à la boutonner. Puis toutes deux s'écartèrent avec déférence pour laisser Marie Karpovna se contempler en pied dans la haute psyché à cadre de citronnier. Elle se déclara satisfaite, s'installa dans le bureau et, comme chaque matin, convoqua son intendant, Fedor Mikhaïlov, pour le rapport. Elle avait un boulier à portée de la main, sur lequel elle calculait très vite, poussant les boules sur les tringles, pendant que son interlocuteur lui citait des chiffres. Après les comptes, elle passa aux instructions. Tout en parlant, elle entendait, par les fenêtres ouvertes, les jardiniers qui ratissaient les allées, le menuisier qui, au loin, clouait une caisse, le *kazatchok* qui apportait des graines pour les colombes, sur la terrasse. Alertée par des battements d'ailes frénétiques, elle renvoya l'intendant et sortit pour nourrir les oiseaux elle-même.

Elle aimait par-dessus tout cette occupation poétique. En quelques secondes, elle fut submergée par un flot de plumages bleu-gris, qui palpitaient spasmodiquement autour d'elle. La voracité des colombes l'amusait. Les plus hardies voletaient jusqu'à elle et venaient manger dans sa main. Elle tressaillait de plaisir au choc de leur bec pointu contre ses doigts. Il en allait de même, pensait-elle, de tous ceux qui, à Gorbatovo, dépendaient de son bon vouloir. Dispensatrice de bienfaits, elle remplissait les ventres creux et dirigeait les cervelles légères. Tout autant que les colombes, les moujiks avaient besoin d'elle pour survivre. Et ses fils, donc !... Par moments, il lui semblait que c'était elle-même qu'elle donnait en pâture à ces ingrats. Affolées de bonheur, des colombes se perchaient sur son épaule, sur sa tête. Elle regretta qu'Alexis ne la vît pas ainsi coiffée d'un chapeau vivant. De ses deux fils, lui seul, tout en la critiquant, était sensible à son charme. C'était pour lui, et non pour ses invitées de tout à l'heure, qu'elle avait mis cette robe. En toute occasion, il montrait du goût et du caractère. Même quand il la contrariait, elle ne lui refusait pas son estime. Il y avait du plaisir à vaincre, et même à abaisser un garçon de cette trempe. L'autre, Léon, était d'une pâte si molle que la moindre pression du pouce le déformait. Son acquiescement visqueux gâchait à sa mère la subtile volupté de l'autocratie.

Elle les retrouva l'un et l'autre, à table, pour le déjeuner. Ils ne protestèrent pas quand elle leur annonça la visite de Mmes Ilyne et Salkov vers les quatre heures. Alexis s'en moquait et Léon était fier de montrer son intérieur. Ces dames venaient précisément pour voir la nouvelle décoration des lieux. Les distractions sont rares en province.

Après le repas, les deux frères se retirèrent chacun dans sa maison et Marie Karpovna étala une réussite. Une grande idée la possédait depuis la veille et elle se demandait si elle devait en parler aujourd'hui ou plus tard à son entourage. Les cartes en décideraient. Elle les faisait glisser entre ses doigts, accompagnant chaque déplacement d'une courte prière. Enfin, la dernière carte vint compléter la souche correspondante. C'était gagné. Tout se réglerait donc aujourd'hui. Elle s'appuya au dossier de son fauteuil avec, sur les lèvres, un sourire de dureté et de triomphe. Devant elle, le portrait de son mari, en costume de chasse, la considérait d'un œil terne. Même de son vivant, il ne l'encombrait guère. Au fond, il n'avait jamais été autre chose pour elle qu'une peinture. Elle bâilla, se fit apporter par Agathe son flacon de « Jasmin royal » pour se rafraîchir les tempes et le dessous des oreilles, avala une gorgée d'eau mentholée qui lui aéra la bouche et s'égaya soudain en entendant les clochettes des chevaux annonçant l'arrivée des visiteuses. Agathe courut au-devant d'elles.

Mmes Ilyne et Salkov pénétrèrent dans le salon, précédées d'un bruissement de jupes et d'un murmure de joie. Toutes deux étaient corpulentes. L'une vêtue de satin jaune pâle, l'autre d'organdi vert chou, elles ressemblaient à deux gros légumes aux feuilles fanées. Leurs capelines profondes débordaient d'un bouillonnement de rubans assortis à la couleur de leurs robes. Et, au milieu de ce fouillis de fanfreluches, les sourires de complaisance étaient posés comme des suppléments de parure. Epouses d'importants propriétaires fonciers, elles donnaient le « la » à la petite société de la région. Mme Ilyne était accompagnée de sa fille Pauline, âgée de seize ans, chevêche grisâtre aux gros yeux ronds et au nez pointu, qui esquissa une révérence. On s'embrassa de profil avec effusion, mais en prenant garde de ne pas froisser les atours. Après avoir prié ces dames de s'asseoir, ce qu'elles firent avec raideur à cause des contraintes du corset, Marie Karpovna envoya Agathe prévenir son fiancé que tout le monde lui rendrait visite d'ici une demi-heure.

Agathe se jeta dehors, portée par une impétuosité juvénile. Il lui arrivait ainsi, depuis peu, d'oublier qu'elle avait vingt-neuf ans. Et même qu'elle était veuve. Léon l'accueillit avec une amabilité réconfortante. Ayant à peine entendu que Mmes Ilyne et Salkov étaient là, il saisit Agathe par les poignets et lui baisa la bouche.

— Vous êtes fou, Léon Ivanovitch ! balbutia-t-elle dans un sursaut de joie et de confusion. Ces dames vont venir !...

Mais elle se gardait bien de le repousser. Lui, de son côté, prenait un plaisir nouveau à cette lutinerie. Les lèvres d'Agathe ne lui répugnaient plus. Une longue privation l'avait préparé au désir. A un estomac qui a faim, même une bouillie d'orge paraît délectable. Il respirait le souffle de sa fiancée, lui effleurait le visage de baisers rapides et se disait qu'après tout l'obéissance avait du bon. On avait toujours raison d'écouter sa mère. Elle savait mieux que vous ce qui vous convenait. Avec son instinct de femme et sa longue expérience, elle vous déchargeait de l'angoisse essentielle du choix. La date du mariage avait été arrêté d'un commun accord : le 4 septembre. Marie Karpovna avait écrit à Saint-Pétersbourg pour solliciter la prolongation du congé d'Alexis. Cette fois encore, ses relations avaient joué et elle avait obtenu gain de cause. « Plus que trois semaines à attendre ! » songeait Léon en continuant à embrasser une Agathe roucoulante. Son impatience l'étonnait. Se fût-il fiancé par amour, sur un coup de tête, qu'il n'eût pas été plus pressé de voir bénir leur union. Agathe s'écarta de lui pour retrouver sa respiration. Des marbrures rouges apparurent sur son visage. Une mèche de cheveux barrait son front. Avec son regard doux et buté, son long nez droit, son allure tremblante, elle ressemblait à une chèvre. Il pensa à Xénia, si belle dans son échauffement de femelle, au moment de la possession, et chassa vite ce souvenir qui attisait son regret. Pour reprendre goût au brouet conjugal, il imagina ce que serait la fête du mariage. Tous les hobereaux des environs se déverseraient à Gorbatovo. Les banquets se succéderaient pendant trois jours. On danserait aux sons d'un orchestre militaire venu de Toula. On tirerait un feu d'artifice. Marie Karpovna avait déjà tout prévu, tout chiffré. Puis le jeune ménage irait faire des visites de courtoisie dans les propriétés voisines. La perspective de ce grand mouvement enchantait Léon. Il était comme un enfant qui se réjouit de jouer un personnage important dans une mascarade.

De nouveau, il enlaça Agathe.

— Ma pigeonne! rugit-il.

A ce moment, la porte s'ouvrit à la volée, et le *kazatchok* de Marie Karpovna annonça :

— La barynia arrive avec les invitées!

— Ah! mon Dieu! j'en étais sûre! s'écria Agathe. Vous m'avez fait perdre la tête, Léon Ivanovitch! Maintenant, je suis toute décoiffée!

Il rit de son affolement, tandis qu'elle rectifiait le désordre de ses cheveux et défripait sa robe d'une main nerveuse. Quand les dames parurent, chatoyantes et volubiles, elle les reçut, tête basse, avec sa faute inscrite dans les yeux. Mais personne n'y prit garde. Après les congratulations d'usage, on passa à l'inspection des pièces nouvellement décorées. Marie Karpovna avait fait venir Kouzma pour qu'il pût recueillir sa ration de compliments. Sachant la répugnance de l'artiste pour ce genre de cérémonie, Alexis s'était joint au groupe. Depuis la destruction du tableau, il éprouvait le besoin de soutenir son protégé en toute circonstance. Il le scrutait à la dérobée et lui trouvait l'air absent, retranché, comme si la perte qu'il avait subie lui eût ôté jusqu'au plaisir de regarder le monde avec des yeux de peintre. Lui, l'observateur passionné de la nature, le magicien des couleurs et de la lumière, n'était plus qu'un veau tiré au bout d'une corde dans le tohu-bohu d'un marché.

Les dames glissaient d'une pièce à l'autre, s'arrêtaient devant les plinthes, les corniches, les panneaux, les trumeaux fleuris, et s'extasiaient :

— Quelle diversité ! Quelle grâce !... Des papillons s'y tromperaient !

Parfois, un mot plus haut que l'autre heurtait l'oreille de Kouzma. Il tressaillait, son visage se contractait douloureusement, une lueur de désarroi brillait dans ses prunelles. Puis tout s'éteignait à nouveau et il retombait dans une lourde indifférence de ruminant. Alexis en avait la gorge serrée de tristesse. Il eût voulu chasser de la maison ces visiteuses exubérantes. Mais elles étaient au musée. L'admiration était de règle. On termina la visite par la chambre à coucher.

— C'est sublime ! s'exclama Mme Ilyne. Quel couple ne serait pas inspiré avec cette floraison permanente autour du lit ?

A ces mots, Agathe s'empourpra et la fille de Mme Ilyne ouvrit de grands yeux. Avait-elle compris l'allusion aux félicités matrimoniales ?

— Oui, dit Marie Karpovna, je crois que l'ensemble est très réussi. Aussi vais-je immédiatement récompenser l'artiste.

Et, tirant une pièce de cinq roubles en or de son sac, elle la tendit à Kouzma dans un mouvement de théâtrale simplicité. Elle aurait pu le faire un autre jour, mais elle profitait de la présence d'un public pour donner plus d'importance à son geste. Kouzma prit la pièce, la serra dans son poing, inclina le buste et dit :

— Je vous remercie... C'est trop, barynia !

— Non, non, dit-elle. Du reste, ce n'est qu'un début. J'ai décidé que tu ferais la même décoration chez moi. Exactement la même. Du haut en bas de la maison. Te voilà de nouveau avec du travail sur la planche !

Kouzma reçut cet ordre sans broncher. Au degré de souffrance où il était parvenu, plus rien ne pouvait l'atteindre. Avec la vanité glaciale des idoles, Marie Karpovna ajouta en désignant une frise de la pointe de son ombrelle :

— Ces roses-ci me paraissent bien pâles. Tu les as peintes n'importe comment ! Il faut reprendre toute la corniche !...

— Bien, barynia, marmonna-t-il.

— Applique-toi davantage, à l'avenir. Dans ma maison à moi, je veux que chaque pétale soit un chef-d'œuvre. Pas de relâchement. Pas de barbouillage. Sinon...

Elle le menaça du doigt en souriant. Et soudain, tournée vers l'assistance, elle annonça dans un élan radieux :

— Puisque nous voici réunis, j'ai une grande nouvelle à vous annoncer. Il y aura une autre noce à Gorbatovo. Moi aussi, je vais me marier. Et le

138

même jour que mon fils Léon. J'ai accordé ma main à Fedor Davidovitch Smetanov.

Avant même qu'elle eût prononcé cette phrase, Alexis l'avait entendue en lui d'une manière prémonitoire. Comme s'il avait su de tout temps que sa mère allait épouser cet homme. Ainsi, il n'était pas surpris, mais écrasé. Toute l'imbécillité du monde lui était tombée sur la tête. Il ne pouvait ni parler ni pleurer. Les poings crispés, la poitrine barrée, il écoutait avec exaspération les clameurs joyeuses des dames. Agathe embrassa sa maîtresse avec effusion en gloussant :

— C'est merveilleux ! Vous ne pouviez nous faire de plus beau cadeau !

Léon se précipita vers sa mère, s'agenouilla devant elle, lui baisa les mains, se releva et dit d'un ton emphatique :

— Je suis bouleversé de bonheur, maman ! Enfin, vous qui pensez tant aux autres, vous avez pensé à vous ! Que le ciel vous bénisse ! Après un si long et si pénible veuvage, vous allez de nouveau avoir un mari ! Et nous, vos enfants, nous allons avoir un père ! Je l'aime déjà, ce père ! Nous l'aimons tous, puisque vous l'aimez !

Frappé de dégoût, Alexis tourna les talons et quitta la réunion sans avoir félicité sa mère. Il était incapable de supporter cette fête de l'hypocrisie autour d'une femme que sa décision ravalait. Seuls les ennemis de Marie Karpovna pouvaient applaudir à ce mariage tardif. Tous les autres devaient être consternés. Mais ils faisaient bonne figure. Par politesse. Et elle se figurait qu'elle avait réussi un coup de maître, que toutes les bécasses de la région enviaient sa chance. C'était bête à pleurer !

Il rentra chez lui, s'allongea sur son divan et essaya de lire. Rien ne pouvait le détourner de sa mère. A présent, elle devait prendre le thé avec ses invitées, sur la terrasse. Il lui semblait entendre au loin, par la fenêtre ouverte, une rumeur de voix, de rires, des tintements de vaisselle. Les yeux mi-clos, il imagina Marie Karpovna, épanouie dans sa robe de taffetas rose foncé, remplissant les tasses au robinet du samovar, caquetant à perdre haleine, distribuant sourires et regards à des idiotes qui ne les méritaient pas. Elle n'avait plus d'âge. Elle était une jeune fiancée de quarante-neuf ans. La vie, pour elle, commencerait demain... Si encore elle avait consulté ses fils avant de se décider ! Mais elle avait tout manigancé derrière leur dos. Sans doute savait-elle d'avance quelle serait la réaction d'Alexis. Au lieu de le préparer doucement à cette éventualité, elle avait attendu la visite de quelques pécores pour lui assener la nouvelle en public. Il ne le lui pardonnerait jamais. Avec rage, il se tournait et se retournait sur son divan, comme un blessé qui cherche une meilleure position pour atténuer sa douleur. Le nez enfoncé dans les capitons qui sentaient le vieux cuir et le crin sec, il souhaitait mourir, noyé dans ses souvenirs d'enfance.

Enfin, du côté de la grande maison, la rumeur se précisa. Ces dames prenaient congé. Une calèche les emporta au son des clochettes. Posté à la fenêtre de son bureau, Alexis vit s'éloigner, dans la poussière de l'été, la caisse de la voiture, haute sur roues, d'où dépassaient trois ombrelles tremblantes. Peu après, il aperçut, avec une pointe d'angoisse, Marie Karpovna qui se dirigeait vers son pavillon, d'un pas résolu. Il sortit sur la véranda pour l'accueillir. Elle gravit les marches et se planta devant son fils, le dos droit, la tête haute. Le calme de son visage présageait la tempête. Une mouche se posa sur la joue d'Alexis, et il eut l'impression bizarre que quelqu'un de très important dans la hiérarchie céleste cherchait à le prévenir d'un danger.

— Pourquoi ne m'as-tu pas présenté tes vœux de bonheur devant nos invitées ? dit Marie Karpovna d'une voix unie. C'eût été la moindre des politesses. Ton frère l'a fait. Pas toi. Tu m'as manqué de respect. Une fois de plus !

— Je ne sais pas mentir ! répondit Alexis. Même pour les besoins de la convenance.

— Tu es donc hostile à mon mariage ?

— Tout à fait.

— Je le savais ! dit-elle. Tu ne peux supporter que je sois heureuse.

— Aviez-vous besoin de cette dernière singerie

pour l'être ? Vous pouviez très bien vous laisser faire la cour par Smetanov si cela vous amusait sans vous présenter devant l'autel ! Jamais, en vous voyant folâtrer avec lui, je n'ai pensé que vous iriez jusque-là ! Qu'est-ce qui vous a pris de vous enticher, à votre âge, de ce bellâtre de province ?

— Il a des qualités que tu ignores !

— Et des défauts qui le rendraient insupportable à n'importe quelle femme de bon sens. Reprenez-vous ! Il en est temps encore ! Renoncez à ce mariage grotesque !

— Jamais ! dit-elle avec un bref éclair dans les yeux. Ce n'est pas mon fils qui me fera la leçon ! Je n'ai de comptes à rendre à personne !

— Si, dit-il. Que vous le vouliez ou non, vous n'êtes pas seule dans la vie. Léon et moi avons le droit, le devoir de vous conseiller dans votre conduite. Vos erreurs rejaillissent sur nous...

Et soudain, se haussant d'un cran dans l'indignation, il cria :

— Vos manigances avec Smetanov sont honteuses !... Ces chevauchées, ces rendez-vous stupides !... Vous insultez la mémoire de mon père ! D'ailleurs vous l'avez rabaissé, torturé toute sa vie durant ! Vous êtes responsable de sa mort !

— Qu'est-ce que c'est encore que cette invention ?

— Ce n'est pas une invention. Rappelez-vous l'affaire des chaussures jetées dans l'étang !...

— Je parie que c'est cette idiote de Marfa qui t'a raconté ces sornettes !

Il mentit :

— Non.

— Alors c'est quelque autre de mes domestiques. Je les ferai tous fouetter !

— C'est... c'est quelqu'un de la ville...

— Peu importe ! Si tu crois cette histoire, c'est que tu es indigne d'être mon fils ! Il n'y a rien de vrai là-dedans ! Je suis blanche comme un cygne sous le regard de Dieu ! Mets-toi bien dans la tête que ton père était un propre à rien ! Une loque !

— C'est vous qui l'avez rendu tel ! Et vous en faites autant avec Léon. Convaincue de votre supériorité en toute chose, vous ne pouvez tolérer la moindre résistance. Toute idée personnelle, chez un de vos proches, vous paraît suspecte. Vous ne concevez la vie en commun que dans une plate soumission à votre volonté. Sous prétexte d'éduquer, vous détruisez, vous décervelez, vous sucez le sang et la moelle des autres ! Une dévoreuse ! Un vampire !

Emporté par l'élan, il perdait tout contact avec la réalité. Une vapeur de colère s'interposait entre lui et le reste du monde. Dans cette buée, le visage de sa mère se déformait, grimaçait.

— Comme tu me hais, serpent ! dit-elle d'une voix basse.

Tout à coup, succédant à la fureur, une houle de tendresse le souleva, le berça.

— Si je vous haïssais, je ne vous parlerais pas ainsi, dit-il. Bien au contraire, je vous aime, mère, de toutes mes forces, avec tous vos défauts, et c'est pourquoi, de temps à autre, j'éprouve le besoin de vous crier la vérité en face. Pour vous réveiller. Pour vous ramener à nous. Pour pouvoir vous aimer davantage !

Il voulut lui prendre les mains. Elle le repoussa. Une expression de férocité triomphante retroussa ses lèvres.

— A genoux ! dit-elle. Demande pardon !

— Non, maman, je ne peux pas, balbutia-t-il. Faites ce que vous voulez, mais je n'assisterai pas à ce double mariage lamentable et hideux. Ma mère et mon frère ! Le même jour ! Quelle farce !

Il éclata d'un rire qui lui fit mal jusque dans la poitrine. Alors, une convulsion saisit Marie Karpovna. Bondissant, les mains en avant, sur son fils, elle lui planta ses doigts en crochets dans la bouche et lui déchira, avec ses ongles, le coin des lèvres. Il poussa un cri et essuya le sang qui perlait sur sa peau. Elle avait reculé d'un pas, livide, galvanisée.

— Tu resteras jusqu'au 4 septembre, dit-elle. Tu seras le garçon d'honneur de ton frère. Tu feras bonne figure à tous nos invités. Sinon, je te maudis !

Un regard bleu d'acier le scrutait si intensément qu'il eut la perception physique d'une pénétration dans sa tête. Toute la vie de sa mère entrait en lui, l'envahissait, le noyait, le dépossédait de lui-même. Déjà, il savait qu'après un sursaut de révolte il lui obéirait.

Sans dire un mot, il rentra dans la maison et s'écroula sur le divan. Elle ne le suivit pas. Au bout d'un moment, il entendit craquer les marches de la véranda. Elle s'en allait, victoire consommée. Il se leva et se regarda dans la glace. Deux larges griffures rouges marquaient les commissures de ses lèvres vers le bas. La peau de ses joues brûlait.

Le soir, il ne parut pas à table.

XIV

« Très chère et très honorée maman,

« Quand vous lirez cette lettre, je serai loin. Après ce qui s'est passé entre nous, j'ai préféré partir sans dire au revoir à personne. Pas même à vous. Surtout pas à vous. Ne m'en veuillez pas de cette fuite soudaine. Chaque jour la rendait plus nécessaire. Epousez Smetanov. Soyez heureuse avec lui. Je le souhaite en tant que fils obéissant. Mais ne me demandez pas d'assister à ce mariage sur lequel je vous ai déjà dit mon sentiment. Adieu, maman, il est probable que nous ne nous reverrons plus. Je demeure votre fils respectueux. Alexis. »

Il relut sa lettre avec satisfaction. Elle lui parut sobre et digne. A cette heure avancée de la nuit, il devait être le seul à veiller dans le domaine de Gorbatovo. Deux bougies à demi consumées éclairaient ses mains, de part et d'autre du papier. Il sécha l'encre fraîche avec de la poudre, cacheta le pli en imprimant dans la cire le sceau de sa chevalière, écrivit l'adresse : « A ma mère, Marie Karpovna Katchalov », et plaça l'enveloppe en évidence sur la table. Son bagage était déjà bouclé. Il partirait à l'aube, quand la grande maison dormirait encore. Louka, prévenu en cachette, avait promis de tenir la calèche prête pour six heures du matin. On arriverait juste à temps pour prendre la diligence au relais. A la perspective de cette évasion, Alexis éprouvait le sentiment d'échapper, par sa seule volonté, à toute influence extérieure, d'être enfin d'accord avec lui-même.

Il allait se coucher lorsqu'un pas leste fit gémir le plancher de la véranda. La porte du bureau s'ouvrit sur Marie Karpovna, vêtue d'un peignoir rose flottant et coiffée d'un léger bonnet de dentelle. Elle avait un visage calme et triste. Qui l'avait avertie ? Louka sans doute. Tous des traîtres !... Une angoisse fourmillante pénétra Alexis jusqu'à la moelle. Il se sentait vide et déterminé. Incapable de lutter et pourtant décidé à le faire, il attaqua :

— Que me voulez-vous ?

— Te parler, mon cher, une fois de plus, avant que tu ne t'en ailles, dit-elle avec douceur

— Ainsi, vous êtes au courant ?

— Mes gens n'ont pas de secret pour moi.

— Fort bien. Cela simplifie les choses.

— C'est mon mariage qui te fait fuir ? demanda-t-elle en inclinant la tête sur le côté.

147

— En partie, oui...

— Et si j'y renonçais ?...

Il la considéra avec stupéfaction. Elle souriait, martyre lumineuse, sous son bonnet de dentelle.

— Vous feriez cela ? balbutia-t-il.

— Une mère ne doit-elle pas tout sacrifier au bonheur de son fils ?

Déconcerté, il hésitait entre la méfiance et la joie.

— Je ne puis vous croire, dit-il enfin

— Tu as tort, Aliochenka. Je m'emporte parfois quand on me contrarie, mais, au fond de moi, je ne souhaite qu'une chose : l'harmonie familiale. J'espérais que tu approuverais mon choix. Je suis navrée qu'il en soit autrement. Cependant, je tiens trop à toi pour risquer de te perdre en épousant Smetanov. Puisque tu le veux, je vais reprendre ma parole.

Elle avait un tel air de sincérité qu'il fut bouleversé par l'ampleur de sa capitulation.

— Je ne veux rien, marmonna-t-il. Simplement, il me semble...

Elle lui mit un doigt sur les lèvres :

— Chut ! Je lis dans ton âme. Et je m'incline. Es-tu satisfait ?

Il ne sut que répondre. Devant cette femme résignée, il ne pouvait jouir pleinement de sa victoire. Après avoir combattu farouchement l'idée du mariage, il ne se reconnaissait pas le droit d'exiger qu'elle abandonnât son projet. Sa

148

responsabilité dans l'affaire lui parut soudain démesurée. Il s'absorba dans une réflexion galopante. Marie Karpovna lui prit les deux mains et l'obligea à s'asseoir à côté d'elle, sur le divan de cuir.

— Je crois que tu ne te rends pas compte de ce que tu représentes pour moi, reprit-elle d'une voix mélodieuse. Ton opinion m'est plus importante que toutes les autres. Peut-être même que la mienne. J'ai besoin de ton approbation, de ton affection...

Tandis qu'elle parlait, sur un ton de chaleureuse confidence, Alexis divaguait dans l'illusion de la paix retrouvée. Un parfum de jasmin l'enveloppait.

— Soyez sûre, maman, que mon amour vous est acquis, quoi que vous décidiez, dit-il. Nous nous voyons de loin en loin, mais vous êtes au centre de mon univers. C'est pour cela que je crains tant de vous voir faire un faux pas.

— Oui, oui, je comprends, soupira-t-elle. Tout cela part, chez toi, d'un bon sentiment. Mais tu te trompes, mon cher, sur le compte de Smetanov. Et sur mon compte à moi. Je sais mieux que quiconque ce qui me convient. Cependant, si tu insistes, je te le répète, il sera fait comme tu voudras...

Elle s'écarta un peu d'Alexis et lui effleura les cheveux d'une main souple. Sous cette caresse maternelle si rarement prodiguée, il sentit fondre sa dernière résistance. Pourtant, sur le point de succomber, il eut un sursaut. L'idée le traversa qu'il s'agissait peut-être d'une supercherie. Une feinte de tendresse et d'abandon pour mieux le dominer. Aussitôt, il chassa cette supposition atroce. De toutes ses forces, il voulait croire. La naïveté était la condition indispensable de son bonheur.

— C'est entendu, maman, murmura-t-il. Je ne partirai pas. Je resterai pour votre mariage.

Elle s'essuya les yeux avec le coin de son mouchoir et embrassa son fils en murmurant :

— Es-tu sûr que tu n'agis pas à contrecœur ?

— Absolument sûr.

— Alors, c'est bien. Je te remercie, Aliochenka. Tu es ma consolation sur terre.

Ils restèrent longtemps silencieux, perdus dans une rêverie élégiaque. Puis Marie Karpovna se leva, s'approcha de la table, pointa son doigt vers l'enveloppe et dit :

— C'est pour moi, cette lettre ?

— Elle n'a plus de raison d'être à présent, répondit Alexis.

Devançant le geste de sa mère, il saisit le pli et le déchira en menus morceaux. Elle sourit :

— Eh bien, bonne nuit, mon cher.

Et elle lui tendit sa main à baiser. Debout devant son fils, elle continuait à sourire. L'émotion passée, elle avait retrouvé son visage à l'ossature ferme, au regard direct. Soudain, il eut

150

l'impression d'être trahi et ses jambes faiblirent. Il raccompagna sa mère jusqu'à la porte. Sur le seuil, elle lui dit :

— Ne t'inquiète pas pour Louka, demain matin. Je l'ai déjà décommandé.

XV

Deux jours plus tard, Marie Karpovna invita Smetanov à dîner. Pour ne pas envenimer la situation, Alexis accepta, sans rechigner, d'assister à ce « repas de famille ». Convaincu d'avoir été floué, il ne regrettait pas pourtant de s'être laissé prendre au charme insidieux de sa mère. Avec le recul du temps, son idée de fuite à l'aube lui paraissait même de plus en plus saugrenue. Il n'y avait pas d'autre issue au problème que la soumission à la fatalité. Courber le dos. Attendre. Laisser les autres jouer à sa place. Mais, quand il revit Smetanov, ses griefs le reprirent. Il se reprochait son inaction et ne savait dans quel sens agir. Cinq convives autour de la table. Les deux couples et lui. Le valet Mathieu évoluait avec lenteur. Il était vieux et toussait de plus en plus souvent, pendant le service. Tandis qu'il présentait à Marie Karpovna un plat de poisson en gelée, il fut saisi d'une quinte de toux si violente que ses joues se gonflèrent et que ses yeux s'injectèrent de sang. Des gouttelettes de salive jaillirent de sa bouche tordue par un effort de contention. L'une d'elles tomba sur la nappe.

— C'est intolérable! cria Marie Karpovna. Qu'il s'en aille! Il ne servira plus jamais à table!

Mortifié par cette condamnation, Mathieu posa le plat sur une desserte et se retira à reculons. Douniacha le remplaça aussitôt dans ses fonctions.

— Le pauvre! dit Smetanov. Il a fait son temps.

Alexis plaignit Mathieu, dont il se souvenait, dans son enfance, comme d'un moujik gai et vigoureux, qui édifiait des pentes de glace dans le jardin, pour les glissades en luge. Des rires d'autrefois lui revinrent aux oreilles. Lui et Léon boulant, cul par-dessus tête, dans la neige, les oreilles gelées. Et le visage amusé de leur mère contemplant la scène par la fenêtre du salon. C'était également Mathieu qui lui avait confectionné son premier cerf-volant. Le chien, Joutchok, aboyait de fureur tandis que le frêle oiseau de toile évoluait dans le ciel, hors de sa portée, au gré d'une brise guillerette. Alexis et Léon se disputaient à qui tiendrait la ficelle de rappel. Mais, après avoir longuement dérivé de droite et de gauche, le jouet aérien s'était accroché sur le toit, à la hampe portant le drapeau. Devant la consternation des enfants, Mathieu avait grimpé là-haut par une échelle, avec une agilité joyeuse.

Dressé au sommet de la maison, il avait salué l'assistance d'un large mouvement du bras. On aurait dit un marin perché dans la hune, avec l'océan tout autour.

— Ne le renvoyez pas au village, dit Alexis. Laissez-le ici dans quelque besogne subalterne. Il sera moins malheureux.

— Tu n'as pas besoin de me le demander, dit Marie Karpovna avec superbe. Je punis les fautes, non l'infirmité.

— Tout le monde, dans le district, se plaît à reconnaître votre équité, chère Marie Karpovna ! s'écria Smetanov. J'applique la même politique avec mes gens. Fermeté et bienveillance, rigueur et justice. Je suis sûr qu'à ce point de vue notre union réjouira aussi bien vos serfs que les miens.

Et il se mit à évoquer le temps prochain où, devenu le mari heureux de Marie Karpovna, il se fixerait auprès d'elle à Gorbatovo. Alexis avait peine à imaginer cet homme installé à demeure dans la maison de son enfance. Dès ce jour, il le savait, tous ses souvenirs seraient piétinés, avilis. Dépouillé de son passé, il ne trouverait aucun plaisir à revenir, par intervalles, dans sa famille. D'ailleurs, il n'aurait plus de famille. Sa mère, en épousant Smetanov, cesserait d'être sa mère. Quant à Léon, il y avait longtemps qu'il ne le considérait plus comme un frère par le sang. Le mariage de Marie Karpovna équivalait pour Alexis à un exil sans fin. « Oui, se disait-il, c'est la dernière fois, peut-être, que je me trouve ici, en face d'elle. Après l'avoir quittée, je n'aurai plus la force de la revoir dans son nouveau rôle de femme mariée. Nous nous écrirons, de loin en loin. J'essaierai d'oublier... » La docilité de son frère l'étonnait. Comment Léon pouvait-il se réjouir d'un avenir aussi misérable ? Il semblait sincèrement heureux d'avoir ce fanfaron pour beau-père. Quand il s'adressait à lui par-dessus la table, c'était toujours avec une grimace mielleuse de larbin. Et Agathe en rajoutait dans l'amabilité :

— Eh bien, oui, je reprendrai de ce poulet aux cèpes si notre cher Fedor Davidovitch nous promet d'en reprendre aussi !

Elle mangeait beaucoup, à son habitude. Et très vite. Smetanov, lui, dégustait chaque bouchée avec lenteur. Ses mâchoires solides mastiquaient la nourriture religieusement. Il appréciait avec ostentation les douceurs de la vie. On l'attendait pour changer les plats. Agacé par ces retards continuels, Alexis buvait plus que de raison. A la vodka succédèrent les vins. Il avala, coup sur coup, deux verres de bourgogne épais et fruité. Puis il revint à la vodka. Ses idées se brouillèrent agréablement. Bien qu'assis à cette table, il se sentait à mille lieues des personnes qui composaient son entourage. Smetanov pérorait toujours, entre deux coups de fourchette :

— Après notre union, chère Marie Karpovna, il faudra que nous nous partagions les tâches pour l'administration des domaines. Vous pourriez assumer la surveillance des travaux agricoles sur vos terres comme sur les miennes. Et moi, je me réserverais l'élevage, le commerce du bois pour l'ensemble...

— Non, dit-elle doucement. Vous continuerez à vous occuper de votre propriété et moi de la mienne, cher Fedor Davidovitch. Chacun pour soi.

— Mais, ne serait-il pas plus simple de...?

Elle l'interrompit d'un ton sec :

— J'ai mes habitudes, mes méthodes. Je n'en changerai pas.

— A votre guise, dit-il. En tout cas, je songe à faire venir mon frère, qui perd son temps dans de vagues tâches administratives à Kazan, pour l'installer dans ma maison, une fois que j'en aurai déménagé. Etant sur les lieux, il me remplacera pour le contrôle quotidien des paysans...

De nouveau, Marie Karpovna le contredit :

— Cela ne me paraît pas une bonne idée. Je suis sûre que nous aurons beaucoup de plaisir à nous rendre, de temps à autre, dans votre ancienne demeure pour y passer un jour ou deux... Si votre frère s'y trouve, ce ne sera pas la même chose.

— Pourquoi ? protesta Smetanov. Il sera ravi de nous accueillir...

— Je vous répète que ce ne sera pas la même chose, trancha Marie Karpovna en haussant la voix. J'espère, pour nous deux, que vous me comprenez.

Elle souligna les mots *pour nous deux* d'un froid sourire. Et Alexis se dit que le dressage de Smetanov avait commencé. Peut-être Marie Karpovna avait-elle choisi cet homme uniquement parce qu'elle le sentait malléable sous des dehors robustes. Elle aimait démolir l'intérieur en préservant la façade. Tout à coup, Alexis se surprit à plaindre ce bon vivant cramoisi, qui mangeait comme quatre. Smetanov se croyait au sommet de la félicité, alors qu'une maladie mortelle rongeait sa chair. Marie Karpovna s'était introduite en lui et s'y développait comme un chancre. Il allait en crever et il ne le savait pas. A présent, Alexis ne le trouvait plus ni bête, ni mauvais, ni répugnant. Il le considérait avec tristesse, comme le vieux valet Mathieu. De toute l'assistance, seule Marie Karpovna lui paraissait échapper à la malédiction de la servitude. Elle portait une robe de mousseline de soie bleu nuit, à manches bouffantes, qui dégageait son cou blanc. Sa chevelure blonde brillait à la lueur des bougies avec l'éclat d'un métal astiqué. Elle interrogeait Smetanov sur une certaine Adélaïde Kartouzov, cousine des Ilyne, qui, disait-on, était fort jolie. Smetanov l'avait vue à un raout, chez des amis. Il fit une description enthousiaste de la jeune femme :

— Des cheveux d'un blond roux, des yeux noirs comme des raisins de Corinthe, une taille fine...

Tout en parlant, il agitait les doigts pour dessiner dans l'air une silhouette. Le regard de Marie Karpovna se durcit jusqu'à n'être plus qu'une pointe d'acier. « Elle est jalouse, constata Alexis. C'est un comble ! » Décidément, tout se tenait chez sa mère. D'un caractère entier, elle ne pouvait supporter qu'un de ses sujets, à plus forte raison son futur mari, s'intéressât tant soit peu à une autre. Dans leur vie conjugale, elle ne tolérerait de lui aucune escapade, aucune pensée volage, aucun sourire égaré. Elle l'empêcherait de respirer ailleurs que dans son sillage. Elle le condamnerait à la prison à perpétuité. Et Smetanov, le malheureux, ne s'en rendait pas compte. Conscient d'être allé un peu loin dans son admiration pour Adélaïde Kartouzov, il saisit la main de Marie Karpovna, lui baisa le bout des doigts et dit :

— Mais à quoi bon, chère, évoquer les grâces d'une autre, alors que j'ai sous les yeux la reine Sémiramis en personne ?

— Une reine Sémiramis qui est bien lasse, dit Marie Karpovna en se passant le dos de la main sur le front. Versez-moi donc à boire !

On s'empressa autour d'elle. Cette fois, les verres s'emplirent de vin du Rhin. Dès les premières gorgées, Alexis sentit croître son amitié pour Smetanov. Celui-là aussi, Marie Karpovna l'obligerait à peindre toute sa vie durant de petites fleurs ! Les visages des convives flottaient mollement, comme des nénuphars, à la lueur des candélabres. Une houle imperceptible les agitait. Des gouttes de sueur perlaient au front d'Alexis. Encore une rasade. Et une autre. Il s'imbibait d'alcool avec désespoir et méthode. Parvenu à un état d'ébriété proche de l'hébétude, il se mit debout avec effort et prononça d'une voix pâteuse :

— Je lève mon verre en l'honneur de Fedor Davidovitch Smetanov qui va bientôt entrer dans notre famille par... par la grande porte, si j'ose dire. Au début, je dois vous l'avouer, Fedor Davidovitch, vous ne m'étiez pas du tout sympathique... Mais, maintenant, j'ai envie de vous embrasser... Parce que je sais que vous allez être malheureux avec ma mère... Très malheureux... Comme nous tous...

— Qu'est-ce qui te prend ? s'écria Léon. Tu es fou ! Tais-toi !

— Alexis Ivanovitch, je vous en supplie ! murmura Agathe.

Marie Karpovna, elle, gardait un froid de pierre. Les yeux fixes, elle ne voyait même pas son fils. Son mépris silencieux le rayait de la surface du monde.

— Allons, allons, dit Smetanov en riant. C'est très drôle ! Il a un verre dans le nez !... Moi aussi, j'ai envie de vous embrasser, cher Alexis Ivano-vitch ! Buvons à notre amitié !...

Il se dressa à son tour. Alexis s'avança vers lui d'une démarche vacillante. Dans son ivresse, il éprouvait tout ensemble un chagrin sans limite et le désir d'être estimé pour sa grandeur d'âme.

Arrivé devant Smetanov, il s'emplit les yeux de ce visage rubicond, aux favoris d'étoupe, et le baisa sur la bouche, à la manière russe. Ses lèvres rencontrèrent une limace. Une odeur virile de tabac et de vin l'enveloppa. Ecœuré, il se rejeta en arrière et dit :

— Je suppose, mère, que vous êtes contente. Tout marche comme vous le désirez. Le futur mari, la future bru, les fils, les serfs, chacun est dans sa niche...

Et, soudain, le plancher s'inclina devant lui comme le pont d'un navire dans la tempête. Les candélabres s'envolèrent. Le plafond pivota. Un choc sourd retentit dans sa tête. A travers un brouillard, il entendit des voix qui disaient :

— Des sels... Faites-lui respirer des sels... Il a eu un malaise... Mais non, il est ivre mort... Allongez-le... Transportez-le chez lui... Attention !... Pas comme ça !...

Et il coula à pic.

Plus tard, sur le point de reprendre ses esprits, il éprouva, dans la nuit de ses paupières, l'impression qu'il était étendu, tout habillé, sur le divan de son bureau, et qu'une femme, assise à ses côtés, lui caressait le front. Un bonheur intense le pénétra : sa mère ! Elle veillait sur lui. Elle lui avait pardonné. Il ouvrit les yeux. Une seule bougie éclairait la pièce. A son chevet, se tenait la servante Vassilissa. La déception fut si brutale qu'il murmura :

— Comment ? C'est toi ? Où est ma mère ?

— Elle est là-bas, avec Fedor Davidovitch, Agathe Pavlovna et votre frère, dit Vassilissa. Je crois qu'ils font de la musique. Elle m'a dit de rester avec vous jusqu'à votre réveil. Vous allez mieux ?

— Oui. Merci. Tu peux t'en aller.

Quand elle fut partie, il s'assit et prit sa tête dans ses mains. Une pulsation douloureuse heurtait ses tempes et irradiait jusque dans ses mâchoires. Sa langue lourde remuait un goût de bile. Pourtant il ne regrettait pas d'avoir trop bu. Son ivresse l'avait aidé à cracher ce qu'il avait sur le cœur. Ainsi sa mère savait exactement ce qu'il pensait d'elle. Et Smetanov aussi. Comment pouvaient-ils continuer à festoyer après son incartade ? Sans doute le tenaient-ils pour un irresponsable ? Des nausées chaudes remontaient de son ventre. Il n'eut pas le courage de se déshabiller pour se mettre au lit et retomba de tout son poids sur le divan.

Lorsqu'il rouvrit les paupières, après un épais sommeil, la bougie n'était plus qu'une mèche recroquevillée sur un bout de cire fondante. La flamme grésillait, palpitait, près de s'éteindre dans la bobèche du chandelier. Il entendit le veilleur de nuit qui passait dans le jardin en agitant sa crécelle. Bondissant sur ses pieds, il s'approcha de la fenêtre et l'interpella :

— Eh ! Arsène, sais-tu si le cheval de Fedor Davidovitch Smetanov est encore à l'écurie ?

Arsène était un petit moujik broussailleux, vêtu, hiver comme été, d'une touloupe de lièvre. Il tenait d'une main sa crécelle et, de l'autre, une lanterne dont la lumière éclairait par-dessous sa barbe en éventail et ses narines profondes.

— Il y est, Alexis Ivanovitch, dit-il. L'invité n'a pas encore daigné partir.

— Et mon frère ?

— Il est rentré chez lui.

Arsène s'éloigna, et le halo de clarté qu'il transportait disparut derrière les buissons. A veiller sur le sommeil des autres, il avait acquis une démarche souple de fantôme. Bientôt, le cliquetis de sa crécelle se fondit dans le silence nocturne fait de mille bruissements.

Alexis tira sa montre de son gousset : quatre heures du matin. « Et Smetanov est encore auprès d'elle ! Mais qu'est-ce que cela peut bien me faire ? Je ne suis plus un hôte de Gorbatovo. Ma vie est ailleurs. » Plus tard, il entendit le trot d'un cheval, dans l'allée centrale. Smetanov consentait enfin à déguerpir. Sa silhouette passa en ombre chinoise dans les brouillards de l'aube.

Au lieu de se recoucher, Alexis attendit les premiers rayons du soleil. Ils embrasèrent le jardin encore luisant de rosée. Des pépiements d'oiseaux paresseux se répondaient d'une branche à l'autre. Un merle détailla sa phrase musicale avec autorité. Au milieu des champs, les alouettes grisollaient dans l'allégresse et la fraîcheur du matin. De l'herbe trempée montait une odeur jeune et forte qui ouvrait les poumons. Alexis éprouva le besoin d'oublier la nuit, le vin, la colère, de fuir Gorbatovo et ses habitants encore endormis, de se décrasser dans un bain d'air pur. Il courut à l'écurie, fit seller son cheval et partit, au hasard, dans la campagne.

Il venait de dépasser le village de Stepanovo quand il vit s'avancer à sa rencontre, sur la route, un étrange cortège. En tête, roulait une méchante télègue, portant un cercueil ouvert selon l'usage. Un drap noir, aux franges d'argent terni, emprunté à la sacristie, recouvrait à demi la boîte de sapin blanc. Le visage du cadavre, livide, pincé, envahi de poils gris et drus, tressautait à chaque cahot. Deux femmes suivaient la télègue en poussant des clameurs plaintives. C'étaient les meneuses de deuil. Derrière elles, piétinaient des moujiks, tête nue. La cloche fêlée de l'église paroissiale de Stepanovo sonna pour accueillir le mort. Alexis rangea son cheval sur le côté et se découvrit au passage de la procession. Tout le monde le salua très bas. Les femmes cessèrent leurs lamentations et ne les reprirent que dix pas plus loin. Sans doute expédiait-on le défunt tôt le matin pour ne pas retarder les travaux des champs. En queue du défilé, se béquillait l'idiot du village de Krasnoïé. Alexis lui demanda qui on enterrait.

— Macaire, le bourrelier, répondit l'autre en se contorsionnant et en tirant la langue.

Alexis ne connaissait pas Macaire. Il poursuivit sa promenade avec un sentiment de malaise. Au bout de deux verstes, il se demanda ce qu'il faisait sur cette route qui, pour lui, ne menait nulle part. La faim le tenaillait. Il n'avait pas pris de petit déjeuner. Tournant bride, il mit son cheval au galop.

En arrivant à Gorbatovo, il aperçut, de loin, l'ombrelle de sa mère, près de l'étang. Elle lui fit signe d'approcher. Il mit pied à terre devant elle et lui baisa la main. Elle portait une robe vaporeuse de tussor blanc à entre-deux de rubans lilas pâle.

— Tu étais ivre, hier soir, déclara-t-elle. J'espère que tu vas mieux.

— Oui.

— Te souviens-tu seulement de ce que tu as osé dire devant mon invité ?

— Assez pour pouvoir le répéter, répliqua-t-il avec insolence en soutenant le regard de sa mère.

— Eh bien ! ne le répète jamais, proféra-t-elle durement. Jamais, si tu tiens encore à me revoir !

Et, avec un brusque sourire qui l'illumina de bienveillance, elle ajouta :

— Quelle belle matinée ! Nous pourrions organiser un pique-nique avec Fedor Davidovitch. Viendrais-tu avec nous ?

Il s'entendit répondre :

— Oui, mère.

« Même si le servage n'existait plus, pensa-t-il, même si ma mère n'était pas la propriétaire d'un vaste domaine, même si elle n'était que l'épouse d'un modeste fonctionnaire, elle dominerait son entourage par le magnétisme de son regard et la fermeté de ses décisions. »

XVI

A neuf heures du soir, Marie Karpovna n'était pas encore revenue de sa visite chez Smetanov. Elle s'y était rendue seule, à cheval, au début de l'après-midi. Sans doute, une fois là-bas, avait-elle décidé d'y passer la soirée. Et l'idée ne l'avait même pas effleurée de prévenir ses fils, par un messager, qu'elle ne rentrerait pas dîner avec eux. Alexis enrageait de ce dédain à son égard. Le jeu préféré de sa mère consistait, songeait-il, à surprendre et à inquiéter ses proches. Pour être heureuse, il fallait qu'elle occupât l'esprit de son entourage jusqu'à l'obsession. « Où est-elle ? Que fait-elle ? Que pense-t-elle ? » Ces questions étaient la guirlande d'honneur dont elle aimait à orner son front. Bouillant de colère contenue, il résolut qu'on se mettrait à table sans elle. Agathe le supplia d'attendre encore un peu. Il refusa. Une fois assis dans la salle à manger, entre son frère et sa future belle-sœur, il éprouva une sensation de manque à peine supportable. La chaise vide de sa mère, devant lui, le fascinait. Marie Karpovna absente, tout était décalé dans la maison. Chipotant dans son assiette, il imaginait le retour de sa mère. Comme de juste, elle se ferait raccompagner par Smetanov. Ils surgiraient ensemble dans la lumière des candélabres, avec un air de contentement cynique. Elle dirait : « J'espère que vous ne vous êtes pas inquiétés ! » Et Alexis répondrait sèchement : « Pas du tout ! » La soirée se prolongerait par un bavardage aimable, un verre de punch et Agathe au piano. Il observa son frère qui mangeait gloutonnement. Agathe aussi, malgré son appréhension, avait un bon coup de fourchette. Lui seul, malade de dépit, ne pouvait rien avaler. A tout moment, son regard revenait à la porte. Au moindre bruit insolite, il se crispait. Soudain, il lui sembla entendre un martèlement de sabots. Il fit taire Léon qui pérorait. Mais la rumeur s'éloigna. Léon reprit son discours, dont Alexis ne percevait pas un mot. La porte s'ouvrit. Un palefrenier apparut sur le seuil, haletant, les yeux exorbités.

— Le cheval... le cheval est revenu tout seul, balbutia-t-il.

— Quel cheval ? demanda Alexis en se levant de table.

— Strela, le cheval de la barynia !

Le sang d'Alexis cogna violemment dans sa tête. En une seconde, toutes ses pensées se dispersèrent. Déjà Agathe s'écriait, les mains jointes :

— Ah ! mon Dieu, elle a eu un accident !

Alexis se ressaisit.

— Mais non, dit-il. Le cheval a très bien pu se détacher dans l'écurie de Smetanov. Et, comme il connaît le chemin...

Il essayait de se rassurer lui-même. Mais sa conviction fléchissait à chaque battement de cœur.

— Alors, qu'est-ce qu'on fait ? demanda Léon.

— Nous partons à sa recherche, dit Alexis.

Ses jambes étaient de coton. Il se précipita aux écuries. Léon et Agathe lui emboîtèrent le pas. La jument de Marie Karpovna était là, dans le passage, encore sellée. Un palefrenier la tenait par la bride. Alexis l'examina : nerveuse, l'œil effaré, mais à peine essoufflée. Sa robe frémissante ne portait pas trace d'écume. Elle ne devait pas venir de très loin. Avait-elle désarçonné sa maîtresse ? C'était probable. Prenant la direction des opérations, Alexis donna des ordres. Les palefreniers s'agitèrent autour des stalles dans un bruit de piétinements, de paille froissée et de hennissements peureux. Dix minutes plus tard, les deux frères étaient à cheval, avec, autour d'eux, six moujiks, montés eux aussi et portant des flambeaux.

La troupe s'ébranla dans la nuit. Une calèche suivait, avec Agathe blottie à l'intérieur. On avançait lentement pour relever le moindre indice. Alexis chevauchait en tête, scrutant les ténèbres à la lueur sautillante des flambeaux. Des éclaireurs, détachés du peloton, fouillaient les abords de la route. De temps à autre, quelqu'un appelait :

— Marie Karpovna !... Marie Karpovna !... Ooh !...

Passé le village de Stepanovo, le chemin se divisait : à gauche, on allait sur Krasnoïé, à droite sur la propriété de Smetanov. Sans hésiter, Alexis et ses compagnons s'engagèrent à droite. La piste se rétrécissait aux dimensions d'un sentier et s'enfonçait, en zigzaguant, dans une forêt de bouleaux. Dans le rougeoiement fuligineux des torches, les troncs grêles, aux ramures emmêlées, avaient des blancheurs de squelettes. On ne voyait plus le ciel. La cavalcade avançait sous une voûte de feuillages d'un rose luisant. Il fallait se baisser pour éviter la griffure des branches.

Alexis tressaillit. A quinze pas devant lui, une forme sombre était allongée en travers du chemin. Avant même de l'avoir reconnue, il sut que c'était sa mère. Elle ne bougeait pas. Evanouie sans doute. Bizarrement soulagé par sa découverte, Alexis sauta à bas de son cheval, courut vers Marie Karpovna et s'agenouilla. Les porteurs de torches l'entourèrent. Elle était renversée sur le dos, la jupe de son amazone grotesquement troussée. Son petit chapeau rond à plume de coq avait roulé loin d'elle. Une meurtrissure, salie de terre, marquait sa joue et s'étirait vers sa tempe gauche. Ses cheveux, à cet endroit, étaient englués de sang. Alexis la souleva à demi dans ses bras, la secoua doucement, l'appela d'une voix étranglée :

— Maman, maman !...

Elle ne réagit pas. Les paupières closes, elle paraissait dormir. Saisi d'une brusque angoisse, Alexis lui tapota le visage du bout des doigts. Peine perdue. Puis il appuya son oreille contre la poitrine de sa mère. Sous l'étoffe du vêtement, tout n'était que silence et immobilité. Alors, timidement, il la baisa au front. La peau était froide, insensible. C'était un corps inanimé qu'il étreignait à la lueur des torches. Une terreur sacrée le glaça. Son cœur tomba en chute libre.

— Quoi ? balbutia Léon au-dessus de lui. Elle... elle n'est pas morte, tout de même ?...

— Si, dit Alexis.

Et, quand il eut prononcé ce mot, un apaisement descendit sur lui.

— Ah ! mon Dieu ! Je ne puis le croire ! gémit Agathe en se tordant les mains.

Elle vacilla, comme sur le point de s'évanouir, et se raccrocha au bras de Léon.

— Il faut faire quelque chose ! dit Léon. Appeler un médecin !...

— Si tu veux, dit Alexis. Mais je crois que c'est inutile. Elle a dû heurter une branche en passant au galop. Le coup a porté sur sa tempe.

Autour de lui, les paysans se découvraient, se signaient. Il en fit autant. Agathe sanglotait, les deux poings écrasés sur les yeux. Alexis se redressa. Son propre calme l'étonnait. Dépassé par l'événement, il avait perdu toute sensibilité. Le chagrin viendrait plus tard.

— L'accident a pu se produire il y a quelques heures, quand elle revenait, seule, de chez Smetanov, dit-il encore.

Les paysans chargèrent le corps dans la voiture. A demi étendue sur la banquette, Marie Karpovna reprit le chemin de sa maison. Agathe et Léon étaient montés à côté d'elle et la soutenaient aux épaules pour qu'elle ne glissât pas. On envoya le palefrenier chercher le Dr Zaïtsev.

Le médecin arriva à Gorbatovo quelques minutes après le retour de l'expédition. Il ne put que constater le décès de Marie Karpovna. Selon lui, elle avait été tuée sur le coup. Comme Alexis, il pensait à la rencontre, au galop, avec une branche basse.

Les servantes se chargèrent de laver et d'habiller le corps. A la demande d'Alexis, Marie Karpovna fut revêtue de sa robe de tussor blanc à rubans lilas pâle. Elle reposait sur son lit qu'on avait tiré au milieu de la chambre. Allongée, elle paraissait plus grande que debout. Son visage était calme, détendu, presque satisfait, avec une moue malicieuse au coin des lèvres. On eût dit qu'elle mijotait un bon tour pour l'un de ses fils.

Une petite icône aux ornements d'argent brillait entre ses doigts de cire. Les glaces et les tableaux avaient été masqués par des draps. Des cierges brûlaient au chevet de la couche mortuaire.

Appelé en pleine nuit, le père Kapiton, du village de Stepanovo, accourut pour procéder à la bénédiction de la défunte. Les domestiques se pressaient sur le palier pendant la cérémonie. Agenouillé entre Agathe et Léon, Alexis murmurait les prières en écho à la voix du prêtre, respirait l'odeur sucrée de l'encens et ne parvenait pas à croire que sa mère l'eût réellement quitté pour toujours. Il se rappelait une autre visite du père Kapiton, quelques semaines auparavant, quand Marie Karpovna, se prétendant à toute extrémité, avait voulu se confesser, communier et recevoir les adieux de ses proches. Ne s'agissait-il pas, comme la fois précédente, d'une comédie ? N'allait-elle pas se dresser sur son séant et annoncer que, grâce aux oraisons du père Kapiton, elle se sentait mieux ? Mais non, les minutes passaient et elle demeurait pétrifiée dans le refus de vivre. Derrière Alexis, ce n'étaient que soupirs, sanglots et reniflements. Toute la valetaille pleurait l'excellente maîtresse, la barynia irremplaçable. La vieille Marfa, prosternée malgré sa corpulence, frappait le plancher avec son front et soupirait : « Je ne voulais pas le croire, mais je le savais ! Hier encore, j'ai rêvé qu'un

corbeau blanc cognait du bec à ma fenêtre ! »
Quand le prêtre se tut, Agathe balbutia :

— Comme elle est belle ! Ses petits pieds ! Ses
mains divines !...

— Oui ! Oui, quel malheur ! renchérit Léon.
Nous voici tous orphelins !

Et il s'abattit en hoquetant contre l'épaule de
sa fiancée.

Alexis constata que, de toute l'assistance, lui
seul gardait les yeux secs. Pourtant, il se savait
plus profondément blessé que les autres. Après le
départ du prêtre, il prit Kouzma à part et lui
ordonna de peindre le portrait de Marie Karpovna sur son lit de mort. Kouzma le regarda avec
effroi :

— Ne me demandez pas ça, Alexis Ivanovitch !

— Pourquoi ?

— Je... je ne saurai pas...

— Si. Tu vas le faire. Et très bien. Tu vas le
faire pour moi. Cours chercher ton attirail. Ins-
talle-toi ici. Cette nuit, personne ne te dérangera !

Kouzma fléchit les épaules, comme frappé
d'une condamnation. A son retour, les domestiques s'étaient dispersés. Seuls restaient sur place,
pour la veillée, Alexis, Léon et Agathe.

Ayant dressé son chevalet portatif, Kouzma
commença à dessiner avec des gestes lents et
précis. Assis en face de lui, de l'autre côté du lit,
Alexis ne pouvait suivre le jeu du fusain sur la
toile. Du reste, par superstition, il s'était interdit

de voir le tableau avant qu'il ne fût terminé. Et il avait demandé à Léon et à Agathe d'observer la même discrétion. Un silence énorme pesait sur la morte et sur l'homme qui esquissait son portrait. La nuit était chaude, orageuse. De temps à autre, une mouche se posait sur le visage, sur les mains du cadavre. Alexis la chassait avec son mouchoir. A présent, Kouzma avait pris sa palette, ses pinceaux, et peignait à petites touches rapides. L'expression de sa figure était douloureusement concentrée. Il n'observait pas les traits du modèle, il les volait pour enrichir sa toile. Alexis l'envia d'être à ce point possédé par son art. Ce qui resterait de Marie Karpovna en ce monde, ce serait cette dernière vision, fixée par un peintre serf. Le pinceau allait et venait. Lui seul, entre les doigts de Kouzma, paraissait vivant dans cette pièce vouée à une immobilité funèbre. Il sautillait, se posait, s'amusait... L'odeur de la térébenthine se mêlait maintenant à l'odeur de l'encens et de la cire molle. La chaleur, lentement épaissie, devenait suffocante. Et il ne pouvait être question d'ouvrir les fenêtres dans une chambre mortuaire. Agathe et Léon s'étaient assoupis dans leurs fauteuils. La crécelle d'Arsène retentit, assourdie, dans le jardin. Léon rouvrit les yeux. Alexis lui conseilla d'aller se reposer pendant qu'il continuerait de veiller.

— Tu me relayeras demain matin, lui dit-il pour le décider.

Léon accepta. Agathe, épuisée, se retira à son tour. Resté seul avec Kouzma, Alexis résista, une fois de plus, à la tentation de voir le degré d'avancement de la toile. Les prunelles écarquillées, il s'efforçait d'évoquer son passé à Gorbatovo. Par moments, il lui semblait revivre avec intensité des scènes de son enfance, puis, tout à coup, il y avait comme une rencontre entre sa mère jeune, rieuse, jouant à colin-maillard, et cette morte solennelle, aux traits creusés, aux mains jointes. Alors le souvenir s'effaçait devant la réalité, et cette brutale substitution se traduisait par un écroulement intérieur. A l'idée de ne plus pouvoir penser à Marie Karpovna comme à un être vivant, de ne plus rechercher son approbation, de ne plus braver ses fureurs, Alexis se sentait dépouillé de mille valeurs secrètes qui donnaient une signification à sa présence sur terre. Le point de résistance qu'elle représentait à ses yeux était aussi un point d'appui. Il existait en s'opposant à elle de toutes ses forces. Désormais, un autre destin allait commencer pour lui, qu'il était incapable d'imaginer. Brusquement libéré, il flottait dans le vide. Ses paupières s'abaissaient, brûlantes, se relevaient. Une stupéfaction lui prenait le cerveau. Il voyait le monde à travers une sorte d'ondoiement qui transformait tous les objets en accessoires de fantasmagorie. Des lignes tantôt noires, tantôt brillantes frémissaient sous son regard fatigué autour du profil tourné vers le plafond. Et Kouzma peignait toujours, avec un acharnement féroce. Cette nuit n'aurait pas de fin. Soudain, fauché par le sommeil, Alexis laissa tomber la tête sur sa poitrine.

Quand il se réveilla, le jour pointait par la fente des rideaux et les cierges achevaient de se consumer dans les candélabres. Assis, le dos rond, les coudes sur les genoux, devant son chevalet, Kouzma avait posé ses pinceaux. Les traits tirés, le regard vide, il paraissait frappé d'hébétude. Pendant une tierce de seconde, Alexis se demanda ce qu'il faisait dans la chambre de sa mère. Puis le chagrin l'attaqua au creux de la poitrine avec tant de force qu'il faillit gémir. La morte avait changé. Elle s'était comme figée et ratatinée. L'ossature de son visage tendait durement la peau devenue grisâtre. Un cerne charbonneux entourait ses paupières bombées en coquilles, ses narines fortes, ses lèvres soudées.

— Tu ne peins plus, Kouzma ? demanda Alexis.
— J'ai fini, dit-il. Maintenant vous pouvez regarder.

Alexis contourna le lit et se planta devant la toile. Le choc fut si violent qu'il resta un moment sans voix. Sa tristesse s'exaltait dans l'admiration. Il en résultait un sentiment complexe de bonheur et de désespoir, d'abattement et de gratitude, dont le tumulte lui mettait les larmes aux yeux. Pour la première fois depuis la mort de sa mère, il cédait à l'envie de pleurer sans

176

retenue. A cause d'un tableau. Un sanglot lui
déchira la poitrine. Le regard embué, la respiration haletante, il contemplait cette œuvre d'une
hallucinante fidélité. Le visage de Marie Karpovna apparaissait là tel qu'il l'avait vu au début
de la nuit : serein et pur, avec une nuance d'ironie
au coin des lèvres. Le grain de la peau, le lustre
des cheveux, la courbe charnue des narines, le
pâle sourire de la bouche, Kouzma les avait
rendus avec une cruelle précision. La morte était
représentée à mi-corps. Même le tissu léger de la
robe, le luisant des rubans, le reflet terni de
l'image sainte étaient reproduits, sans fignolage,
en quelques coups de pinceau sûrs et sobres. De
l'ensemble, se dégageait une impression de force,
de tranquillité et de science. Tout le portrait
baignait dans la lumière froide de l'au-delà.
Alexis se signa, serra la main de Kouzma et dit :

— Tu as vraiment reçu un don de Dieu ! Je
mettrai ce tableau dans ma chambre. Je le regar-
derai chaque jour. Merci, Kouzma, merci !

Kouzma recula d'un pas. Son visage était dur
comme un poing crispé.

— Ne me remerciez pas, Alexis Ivanovitch, dit-
il. Ce tableau est le dernier que je peindrai.

— Pourquoi ?

— Parce que c'est moi qui ai tué votre mère.

Alexis reçut cet aveu sans broncher. Comme s'il
se fût attendu à la révélation. Pourtant l'idée du
meurtre n'avait jamais traversé son esprit. Y

était-il préparé sans le savoir ? L'air se raréfiait autour de lui. Après un moment de stupeur, il saisit Kouzma à la gorge et le secoua avec une violence désespérée. Devant lui, la tête du jeune serf oscillait, comme prête à se détacher du corps.

— Misérable ! gronda Alexis. Tu me le paieras !

Puis soudain sa colère reflua, le laissant indécis, malheureux, le cerveau vide et les muscles mous. Il desserra son étreinte et abaissa les bras. Plus il pensait à la nécessité d'un éclat justicier, plus il se sentait proche de celui qu'il aurait dû maudire.

— Oh ! Kouzma, comment as-tu pu ? prononça-t-il d'une voix brisée. Que s'est-il passé ?...

— Je m'étais mis à l'affût dans la forêt, dit Kouzma.

— Tu savais donc qu'elle était allée chez Smetanov ?

— Tout le monde le savait, à Gorbatovo. J'ai guetté son retour. Pendant des heures. Quand, enfin, elle est apparue, je me suis jeté à la tête de son cheval. Elle m'a cinglé avec sa cravache. Je l'ai tirée à terre. Elle a été étourdie par le choc. Alors, j'ai saisi une grosse branche morte. J'ai frappé. Très fort. Un seul coup. Puis je me suis enfui...

— Quelle horreur !...

— Je n'en pouvais plus, Alexis Ivanovitch ! J'étais comme fou ! Je mérite la Sibérie !

A mesure que Kouzma parlait, Alexis éprouvait

une sorte de détachement qui le libérait de la loi commune. Etait-ce le crépuscule de l'aube, la présence du cadavre, la lueur vacillante des cierges ? Il avait de plus en plus l'impression d'évoluer dans un monde à part, où la notion de culpabilité n'existait pas. Pouvait-on être à la fois du côté de la victime et du côté de l'assassin, les plaindre l'un et l'autre, les excuser et les aimer également ?

— Tu n'iras pas en Sibérie, murmura-t-il. N'en parle à personne et personne ne t'inquiétera. Elle est morte. Que tu te dénonces ne changera rien à l'essentiel. Dieu te pardonnera comme je te pardonne. Je t'emmènerai à Saint-Pétersbourg. Je te libérerai. Tu deviendras un grand peintre...

Kouzma tomba aux genoux d'Alexis, lui baisa les mains, se releva, se signa. Son visage exprimait un égarement douloureux, une gratitude pitoyable. Il titubait comme un homme pris de boisson. Après un dernier regard à sa toile, il s'enfuit de la chambre, sans un mot.

La mise en bière eut lieu le lendemain. Le cercueil fut placé sur une table, dans le vaste vestibule, entre de hauts candélabres d'argent. Le corps à demi recouvert d'un drap d'église, le front ceint du bandeau mortuaire, orné de l'image du Sauveur, Marie Karpovna était prête pour le départ. Assis dans un coin, un chantre récitait le psautier d'une voix monocorde. Les voisins se présentèrent par petits groupes. Le premier averti avait été Smetanov. Veuf avant le mariage, il s'était livré devant la morte à une gesticulation théâtrale. A croire que lui seul avait du chagrin. Il sanglotait, se frappait la poitrine, couvrait de baisers les mains du cadavre, criait : « Non ! Non ! Dites-moi que ce n'est pas vrai ! » On l'avait éloigné de force. Un premier service funèbre fut célébré avant la levée du corps. La pièce s'emplit d'amis, de domestiques, de paysans. Il y en avait jusque sur le perron, jusque dans l'allée. Alexis chercha Kouzma des yeux et ne le vit pas. Sans doute se cachait-il dans les derniers rangs.

Après cette brève cérémonie, le cercueil fut hissé sur une charrette, parmi des montagnes de fleurs fraîches, coupées dans le jardin, et prit, tiré par une paire de chevaux bais, la direction de l'église de Stepanovo. Là, Alexis, Léon, Smetanov, l'ancien maréchal de la noblesse du district et deux propriétaires fonciers le chargèrent sur leurs épaules. En marchant à pas comptés sous ce fardeau horizontal, Alexis songeait que sa mère reposait dans la même caisse que le bourrelier Macaire. Pas plus large, pas plus profonde, avec, peut-être, en supplément, un coussin blanc bordé de dentelle. « La voici la vraie égalité ! » se dit-il.

La cloche grêle sonnait pour accueillir la servante de Dieu, Marie. L'église était petite, pauvre, avec des fresques craquelées et une iconostase aux images salies par la fumée. Les porteurs déposèrent le cercueil découvert sur des tréteaux tendus de drap noir, au milieu de la nef. La messe commença. Le père Kapiton, très ému, avait une voix chevrotante qui se perdait dans sa barbe. Mais le chœur, composé de paysans, chantait avec force et majesté.

Après l'absoute, on distribua les cierges. Cent flammes minuscules palpitèrent dans l'église. L'odeur de l'encens prenait à la gorge. De temps à autre, une goutte de cire chaude se détachait de la chandelle longue et effilée qu'Alexis tenait à la main et coulait sur ses doigts. Il ne pouvait détourner les yeux du miroitement innombrable qui cernait le catafalque. Cette mise en scène l'empêchait de réfléchir profondément à son chagrin. Il se préoccupait de se tenir droit et d'imprimer à son visage une expression de tristesse virile. Enfin, le défilé des adieux commença. C'était le dernier regard avant la fermeture du cercueil. Alexis se pencha sur le visage de sa mère. Le bandeau mortuaire avait glissé sur le côté. Il le redressa délicatement. Puis il baisa une joue froide, dont la matière n'avait rien d'humain. « Voilà, pensa-t-il, tout ce nœud d'autorité, d'intrigue, d'exigence, d'orgueil, de superstition est dans une boîte. Aucune force au monde ne pourra l'en faire sortir. » Derrière lui, il entendait la respiration oppressée de Léon. Et soudain il eut hâte que Marie Karpovna fût enterrée, que la foule des voisins et des paysans se dispersât, et de se retrouver seul, à Saint-Pétersbourg, après le cauchemar.

Marie Karpovna fut ensevelie dans le jardin de la propriété, au pied de son rosier préféré. Le soir, il y eut à Gorbatovo un dîner de funérailles. Tout le voisinage y fut convié. Dans l'intervalle, Agathe s'était ressaisie. C'était elle qui avait commandé le menu et distribué les places à table. Les domestiques lui obéissaient. Livide, exténuée, affairée, elle s'efforçait d'oublier son chagrin dans les soucis de l'organisation. A mesure que les plats se succédaient, elle prenait plus d'assurance dans son maintien. On aurait pu croire que Marie Karpovna lui avait passé la consigne. Le père Kapiton présidait. Smetanov but et pleura beaucoup. De temps à autre, il s'écriait : « On l'a emportée ! On l'a emportée ! » Et il avalait un verre de vodka.

Après le départ des invités, Alexis fut frappé par le silence de la grande maison. C'était comme si, en l'absence de Marie Karpovna, ces murs avaient perdu leur raison d'être. Il prit Léon à part dans le bureau et lui demanda à brûle-pourpoint :

— Et maintenant, que vas-tu faire ?

— Je ne te comprends pas, dit Léon. Pour moi, rien n'est changé.

— Tu comptes donc toujours épouser Agathe ?

— Bien sûr !

— Tu n'y es plus obligé !

— Si. Autrement j'aurais peur.

— De qui ?

— De maman.

— Mais elle est morte !

— Justement ! balbutia Léon.

Et il se signa précipitamment.

Le lendemain, les paysans repêchèrent dans l'étang le corps de Kouzma. Il s'était tranché les veines du poignet avant de se jeter à l'eau. Certains prétendirent qu'il s'était suicidé parce qu'il n'avait pu supporter la mort de Marie Karpovna, sa bienfaitrice.

XVII

Le mariage de Léon et d'Agathe fut retardé de deux mois à cause du deuil. Alexis, qui entre-temps avait regagné Saint-Pétersbourg, n'assista pas à la cérémonie nuptiale. Mais il retourna à Gorbatovo vers la mi-décembre pour régler sur place quelques détails de la succession. Les revenus du domaine, qu'il partageait à présent avec son frère, lui permettaient de vivre largement. Tout en déplorant la mort de sa mère, il se félicitait d'une situation qui mettait enfin à sa portée les joies de la capitale. Il avait troqué sa maîtresse, Varenka, pour une comédienne qui lui coûtait très cher. Il était de tous les bals, de toutes les soirées théâtrales, de tous les concerts, et fréquentait assidûment le « Club anglais ». Mais il n'avait pas pour autant démissionné de son poste au ministère, estimant qu'un emploi officiel le posait dans le monde. Il attendait d'ailleurs un prompt avancement. Recroquevillé sous des couvertures d'ours dans le traîneau qui était venu le chercher au relais de poste, il comparait ce paysage sévère, nu et neigeux à celui qu'il avait quitté au déclin de l'été. Un crépuscule glacé enveloppait la plaine. La blancheur du sol se fondait au loin à la grisaille brumeuse de l'horizon. Les rares arbres, surgis çà et là, avaient des branches de verre. Un vent vif entaillait la chair du nez, des oreilles. Engourdi par le froid, bercé par le tintement des clochettes, Alexis s'abandonnait à une rêverie confuse. Certes, il appréhendait un peu ce retour sur les lieux du drame. Il savait qu'en se retrouvant dans cette maison, dans ce jardin tout imprégnés de la présence de sa mère, il réveillerait en lui des souvenirs dont le temps avait à peine atténué l'amertume. Il se disait même que ce pèlerinage avait quelque chose de morbide. Comme son attachement au portrait mortuaire de Marie Karpovna qu'il conservait pieusement dans sa chambre, à Saint-Pétersbourg. Mais, inexplicablement, il avait envie de se retremper dans un passé douloureux, de revoir ce frère si différent de lui, qu'il ne pouvait ni comprendre ni estimer.

Cette fois, Léon ne s'était pas dérangé pour l'accueillir à l'arrivée de la diligence. Interrogé sur ce point, Louka, le cocher, avait répondu : « Léon Ivanovitch est enrhumé ! Il garde la chambre ! » « Et comment est la vie, à Gorbatovo ? » avait demandé Alexis. « Tout va bien, avec l'aide de Dieu ! » s'était écrié Louka en fouettant ses chevaux. Impossible d'en tirer un mot de plus. Maintenant, la route longeait l'orée du bois où Marie Karpovna avait été trouvée morte. Puis on traversa le village de Stepanovo, avec sa petite église à la coupole coiffée de neige. Alexis avait rendez-vous avec l'éternité. Il ne pouvait dissocier le souvenir de sa mère et celui de Kouzma. Ces lieux appartenaient autant à la barynia de Gorbatovo qu'au peintre serf dont elle avait exacerbé la sensibilité jusqu'à la folie meurtrière. Liés dans la mort, ils représentaient, pour Alexis, un double échec et un double chagrin. Que serait devenu Kouzma s'il ne s'était pas suicidé ? Un artiste célèbre, peut-être, adulé dans la capitale. Mais, au plus haut de sa renommée, il aurait été harcelé par le remords. Non, non, tout était mieux ainsi. La vision de Kouzma peignant Marie Karpovna sur sa couche funèbre poursuivit Alexis jusqu'au moment où le traîneau s'arrêta devant le péristyle de la grande maison.

Comme il gravissait les marches du perron, Léon et Agathe sortirent à sa rencontre. A leur vue, il éprouva un léger malaise. Agathe portait une robe de Marie Karpovna : celle en taffetas noir à volants. Sa taille s'était redressée, son port de tête était devenu altier. Elle regardait droit dans les yeux et souriait avec assurance. Aucune tache rouge ne marbrait plus son visage. A côté d'elle, Léon paraissait plus avachi, plus gras et plus négligé que d'habitude. Sa face pleine et luisante exprimait la servilité. Il était, lui aussi, habillé en noir, à cause du deuil. Les revers de sa veste étaient élimés et son pantalon découvrait ses chevilles. Une ample cravate, également noire, bouffait sous son menton replet.

— Je ne suis pas venu te chercher, parce que j'ai pris froid, marmonna-t-il en embrassant Alexis.

Et il se moucha bruyamment.

— C'est ce que m'a expliqué Louka, dit Alexis.

— Il est bien bavard, ce Louka, observa Agathe d'un ton acide.

Sa voix même avait changé. Elle avait pris les accents de Marie Karpovna. Alexis en fut désagréablement surpris.

Quand on passa à table, cette impression d'un mimétisme sacrilège s'accentua en lui jusqu'à l'irritation. Assis en face d'Agathe, il la regardait imiter la morte dans son rôle de maîtresse de maison et avait envie de la rabrouer comme une servante effrontée. Elle qui, quelques mois auparavant, n'était qu'une dame de compagnie obséquieuse tenait maintenant le dé de la conversation, donnait son opinion sur tout, et gourmandait Agaphon pour sa maladresse à présenter les plats et à verser les vins :

— Combien de fois t'ai-je dit de ne pas attendre que les verres soient vides pour les remplir ? Eh bien, ne vois-tu pas qu'il faut repasser le saumon ?

Dès le dessert, elle parla des revenus de la propriété. Elle en dirigeait l'exploitation avec une autorité que Marie Karpovna n'eût pas désavouée. Sa mémoire était pleine de chiffres : le nombre de têtes de bétail, le poids du foin emmagasiné pour l'hiver, les quantités d'arbres abattus... Devant tant de science, Alexis se sentait en état d'infériorité, comme un écolier qui n'a pas appris sa leçon. Lui qui eût voulu la contredire ne pouvait que l'approuver. De son côté, Léon écoutait sa femme avec un sourire admiratif. Elle lui reprocha incidemment d'avoir mal noué sa cravate.

— Tu es attifé n'importe comment ! Fais attention ! Je ne peux tout de même pas être derrière toi pendant que tu t'habilles !

Il s'excusa humblement. Agathe lui tapota la main avec condescendance. Alexis devina entre eux une pauvre complicité conjugale de flanelles et de tisanes. Une autre fois, elle arrêta son mari qui voulait se faire resservir du vin par Agaphon :

— Non, tu as déjà trop bu ! Après, tu as la langue qui s'empâte !

Il rit et reconnut qu'elle avait raison. On en revint aux questions d'argent. Léon pavoisait.

— Tu sais, annonça-t-il à son frère, Fedor Mikhaïlov, notre intendant, file doux devant Agathe ! Elle est plus forte encore que maman !

Cette phrase ébranla Alexis au point que, pendant une seconde, il laissa bourdonner la conversation sans y prendre part. Une évidence s'imposait à son esprit troublé : ce n'était pas Agathe qui singeait Marie Karpovna, mais Marie Karpovna qui, par effraction, se réincarnait en Agathe. A partir de cet instant, une peur insidieuse se glissa en lui. Il ne voyait plus Agathe sous le même jour. Elle n'était pas une usurpatrice, mais une revenante. Marie Karpovna était reparue, en chair et en os, dans son domaine, sous une autre forme. Tout allait recommencer.

Le reste de la soirée se déroula pour Alexis à la manière incohérente d'un songe. A plusieurs reprises, il fut tenté de demander à Agathe de changer de robe. Chaque fois qu'elle lui adressait la parole, il tressaillait comme s'il eût entendu sa mère. Bientôt, n'y tenant plus, il prétexta la fatigue du voyage pour se retirer.

Sa chambre l'attendait, fortement chauffée, dans le pavillon. Le couple, lui, couchait dans l'ancienne chambre de Marie Karpovna. Une fois seul, assis au bord du lit, Alexis essaya de se dominer. Mais l'angoisse persistait. Le poêle de faïence craquait à petit bruit. Un grillon stridulait du côté de l'âtre. Sur la table, il y avait, comme « en-cas », une cruche pleine de kwas, un chanteau de pain blanc et des concombres salés dans une jatte. Alexis s'approcha de la fenêtre. La neige et la nuit bloquaient la maison. Les routes étaient coupées. Dans cette solitude, dans ce silence de fin du monde, il était vain d'en appeler à l'intelligence logique. Tout devenait possible, l'hiver, à la campagne, en Russie. Les esprits de la superstition paysanne reprenaient leur avantage. Il fallait les craindre pour survivre. La vieille *niania* Marfa avait raison avec ses incantations et ses passes magiques. Alexis palpa, à travers sa chemise, la petite croix de cyprès qui ne le quittait pas. A présent, le front collé contre la vitre, il regardait, dans la vague lueur de la lampe, les flocons blancs qui s'étaient remis à tomber. Sa place n'était plus ici. Une nouvelle Marie Karpovna le chassait de Gorbatovo. Il décida de repartir par la prochaine diligence. Avec un peu de chance, il arriverait à Saint-Pétersbourg juste pour les fêtes de fin d'année. Cette résolution soudaine apaisa son anxiété. Dès ce moment, il sut qu'il ne reviendrait plus jamais dans la maison de sa mère.

Achevé d'imprimer sur les presses de l'imprimerie Brodard et Taupin
58, rue Jean Bleuzen, Vanves. Usine de La Flèche,
le 2 décembre 1985
6829-5 Dépôt légal décembre 1985. ISBN : 2 - 277 - 21925 - 8
Imprimé en France

Editions J'ai Lu
27, rue Cassette, 75006 Paris
diffusion France et étranger : Flammarion